KB253100

귀환병사

요람 新무협 판타지 소설

귀환병사 1

요람 新무협 판타지 소설

초판 1쇄 찍은 날 § 2013년 8월 8일
초판 1쇄 펴낸 날 § 2013년 8월 14일

지은이 § 요람
펴낸이 § 서경석

편집부장 § 권태완
편집책임 § 어정원

펴낸곳 § 도서출판 청어람
등록번호 § 제1081-1-89호
등록일자 § 1999. 5. 31
어람번호 § 제2-2378호

주소 § 경기도 부천시 원미구 심곡2동 163-2 서경B/D 3F (우) 420-822
전화 § 032-656-4452팩스 § 032-656-4453
http://www.chungeoram.com
E-mail § chungeorambook@daum.net

ⓒ 요람, 2013

ISBN 978-89-251-3415-4 04810
ISBN 978-89-251-3414-7 (세트)

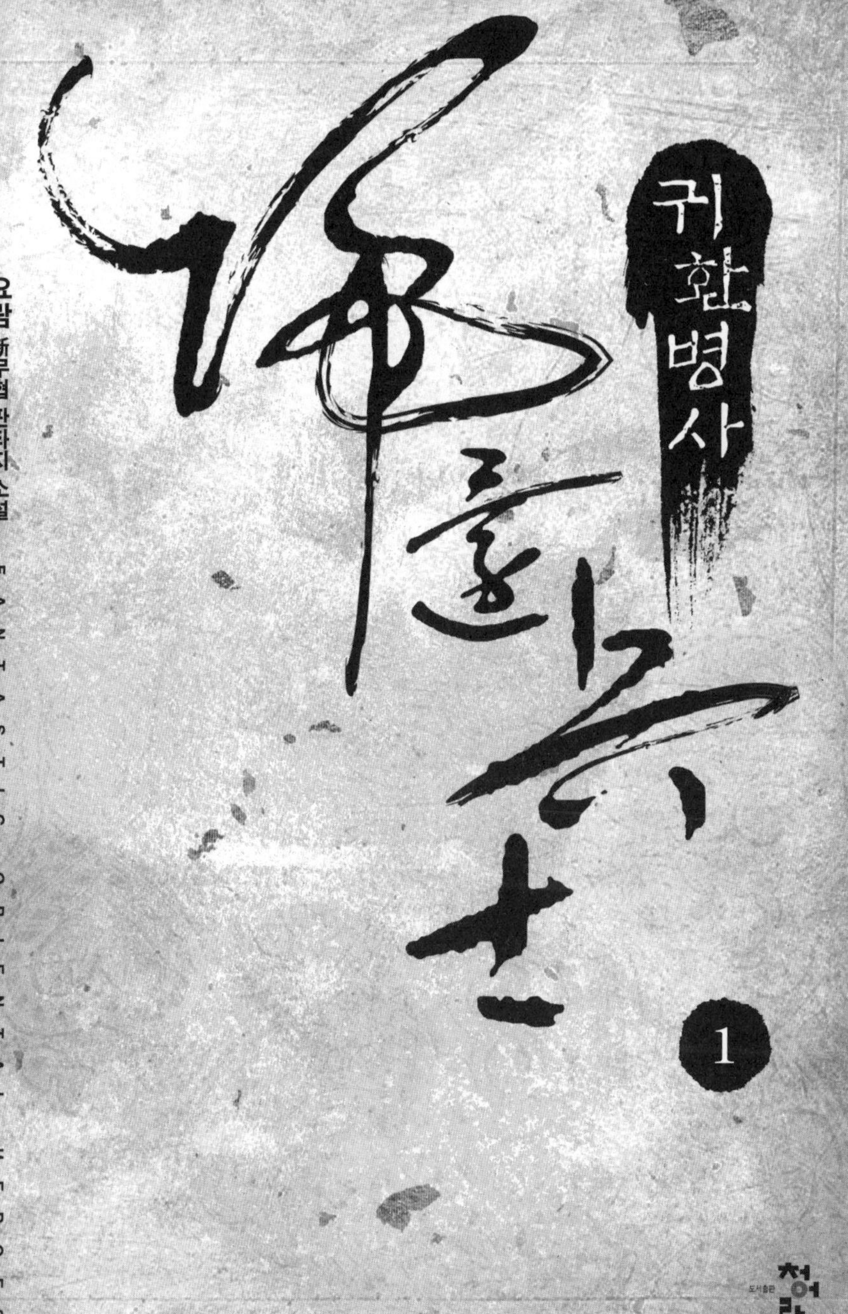
귀환병사
요람 新무협 판타지 소설
FANTASTIC ORIENTAL HEROES
1
청어람
도서출판

序

그는 단 한 자루의 나무창을 들고 마을로 들어왔다.

第一章　귀환(歸還)

귀환병사

산동 반도 끝에 이르러 보면 이름도 없는 마을을 수도 없이 만날 수 있다. 모두 모였다가 다시 사라지고, 다시 모였다가 사라지고를 반복하면서 생긴 결과였다.

이름이라는 것은 그 존재 자체를 나타내기 때문에 예로부터 중시 여겼었다. 하지만 그런 의미조차 부여하지 않는다는 것은 얼마만큼 일이 많았는지를 단적으로 보여주고 있었다.

육척 장신에 한 자루 나무창을 들고 사내가 들어선 마을도 그런 마을 중에 하나였다.

"여긴가……."

나지막한 목소리지만 그 안엔 회한(悔恨)이 가득했다.

사내는 이 마을을 찾아오려고 산동 반도를 이 잡듯이 뒤졌다. 북방의 전쟁터에서 모았던 돈은 이 마을을 찾느라 거의 전부를 소진해 버렸다.

하지만 그럼에도 사내는 전혀 그 돈이 아깝지 않았다.

사내가 이곳을 찾은 이유.

아직 확실치는 않지만 이곳엔 사내의 가족이 있다고 들었기 때문이다. 사내가 집안의 빚 탓에 전쟁터로 대신 팔려간 게 십오 년 전이다.

원금은 물론 이자조차 제때 갚지 못했고, 아이는 그 돈을 빌려준 자의 아들이 저지른 죄를 대신 뒤집어쓰고 북방으로 팔려갔다.

그게 열다섯 나이.

채 약관에도 이르지 못한 나이지만 먹지 못한 몸으로도 또래의 남아들보다 큰 신체가 군에 팔려가는 것도 가능하게 해 줬다.

참으로 웃긴 게, 예로부터 산동성은 결코 가난한 성이 아니었다.

농사도 농사지만 바다에 인접해 있어 그물질만 해도 먹고 살 만했기 때문이다. 하지만 유독 사내의 집안은 돈과는 거리가 멀었다.

뭘 해도 가난했다.

조그마한 장사를 해도 마찬가지고, 쪽배와 조잡한 그물을 사서 바다로 나가도 항상 만선은커녕 입에 풀칠이나 할 정도의 수확만 거두고 돌아오기 일쑤였다.

농사도 마찬가지였다.

땅을 겨우 얻어 씨를 부려도 지력(地力)이 다했던 건지 항상 흉작만 빚었다. 그렇게 빚은 점점 늘어갔고, 결국 사내는 팔려가야 했다.

아버지, 어머니 밑으로 사내, 그리고 두 동생들이 있었지만 동생들은 둘 다 여아였던 데다가 나이도 사내가 열다섯 당시 일곱 살, 아홉 살이었기 때문에 더욱 불가능했다.

하지만 사내는 결코 부모님을 원망하지 않았다.

긍정적인 사고를 가진 탓도 있지만, 어릴 적 잠시 배운 효(孝)에 대한 공부가 사내에게 막대한 영향을 끼친 탓이었다.

그렇게 십오 년을 객지에서, 그것도 전쟁터에서 보낸 사내는 겨우 군문을 전역하고 이곳을 찾아왔다.

"제발 아무 일 없기를……."

마을 안으로 발을 들이는 사내는 천천히 정경부터 살펴보았다.

눈에 비친 어느 것 하나 특별한 것 없는 마을이었다.

　해안가에 위치해 있기 때문에 당연히 그물질을 하는 집이 많은지 집집마다 어망들이 걸려 있었다.

　마을 중앙으로 가면 갈수록 사내의 이마가 살짝 찌푸려졌다. 한동안 맞지 못했던 비린내가 후각을 자극했기 때문이다.

　전쟁터에 있으면서 피비린내는 수도 없이 맡았지만 이런 생선 비린내는 또 다른 불결함이 느껴졌다.

　'음…….'

　사내는 주변을 둘러보다 속으로 침음을 흘렸다.

　마을의 중심으로 들어가자 점점 마을 사람들이 더 많이 보였는데, 그 사람들이 전부 눈에 짙은 경계심을 띄운 채 사내를 바라보고 있었다.

　사내는 순간 걸음을 멈추고 자신의 손에 잡힌 창을 바라봤다.

　군에서 사용하던 창은 이미 반납하고 나왔다.

　하지만 십오 년 동안 창을 손에서 놓지 않았기 때문에 반납하자 그 허전함을 사내는 참지 못했다.

　결국 나무창을 하나 구입해 손에 쥐자 그 허전함이 조금은 사라졌다.

　그러나 지금 이 순간 나무창은 마을 사람들의 경계심을 잔뜩 끌어 올렸다. 하지만 사내는 나무창을 손에서 놓고 싶은 생각은 없었다.

그에게 창이란 곧 목숨이기 때문이다.

잠시 서서 있던 사내는 주변을 둘러보다 그나마 가장 눈에 경계심이 없어 보이는 아낙에게 다가갔다.

바닥에 철퍼덕 앉아 어망을 손질하고 있던 아낙은 사내가 다가가자 고개만 들어 바라봤다.

"말씀 좀 묻겠습니다."

"……."

사내의 말에 아낙은 대답하지 않고 그냥 조용히 응시하기만 했다. 그런 반응에 사내는 다시 입을 열었다.

질문을 기다리고 있는 눈처럼 보였기 때문이다.

"진백상, 호연화라는 분을 찾습니다. 이 마을에서 본 적이 있으십니까?"

"저기 길 따라 끝에 가면 볼 수 있을 거예요."

사내의 질문에 대답하는 아낙의 목소리는 조용했고, 차분했다. 하지만 사내는 아무래도 좋았다.

질문에 대한 답을 들었다는 것은 이 아낙이 자신의 아버지, 어머니를 확실히 알고 있다는 뜻이었다.

그건 곧 이 마을에 살고 있다는 뜻으로도 해석할 수 있었다.

"감사합니다."

"……."

사내는 곧바로 아낙에게 머리를 숙여 인사를 했다. 그 인사에 아낙은 대답하지 않았지만 사내는 그걸 기분 나빠하지 않고 바로 몸을 돌렸다.

그리고 바로 몸을 돌려 아낙이 말했던 곳으로 발걸음을 옮기기 시작했다.

저벅, 저벅.

하던 걸음 거리가 곧이어 조금씩 소리가 잦아지더니 어느새 사내는 뛰기 시작했다. 마을은 크지 않았다.

대충 둘러봐도 이삼십여 가구밖에 살지 않는 마을이니 아낙이 말했던 곳에 다다라는 건 금방이었다.

"……."

하지만 사내는 그 장소에 도착하자마자 걸음을 뚝 멈출 수밖에 없었다.

불길함.

무언가 알 수 없는 본능적인 불길함이 사내의 뇌리를 순간적으로 스쳐 지나갔기 때문이다. 아니, 익히 알고 있는 불길함이었다.

다만 그걸 사내는 본능적으로 피하고 있었을 뿐이었다.

전쟁터에서 수도 없이 느꼈던 불길함.

죽음.

그 무저갱의 초대에 대한 본능적인 거부감.

저벅, 저벅.

"하, 하하."

사내의 입에서 낮은 웃음소리가 흘러나왔다.

인정하고 싶지 않지만, 인정할 수밖에 없는…….

끼이익.

싸리로 만든 문을 힘겹게 열고 들어간 사내는 너무나 조촐하게 차려진 상 앞으로 걸음을 옮겼다.

"……."

"……."

흰 소복을 입은 두 명의 여인이 보였다.

필경… 동생들이리라.

"무혜, 무월이냐."

움찔.

사내의 낮은 말에 두 명의 여인은 움찔하며 사내를 바라봤다. 얼굴에 슬픔이 가득한 눈으로, 차분한 이목구비가 돋보이는 여인이 물었다.

"뉘신지요."

"네 오라비다."

사내는 군문을 전역하고 집으로 돌아온 날, 아버지 상을 치렀다.

　　　　　　*　　　*　　　*

　사고였다.

　비가 오는 날 그물질을 하러 바다로 나갔다가 생긴 사고였
다. 아버지가 타고 바다에 나간 배는 사내, 무린의 기억 속에
있던 쪽배와 그다지 큰 차이가 없는 배였다. 장정 서넛이 타
면 만선인 배.

　그런 배를 타고 나갔다 파도에 배가 반파되면서 생긴 사고
였다. 겨우 자력으로 뭍으로 돌아오긴 했지만 문제는 그다음
이었다.

　산동 반도의 남쪽 해안은 따뜻하지만 북쪽 해안은 추웠다.

　당연히 바닷물도 차가울 수밖에 없었다.

　더욱이 지금 계절이 겨울로 들어서는 초입이라는 걸 생각
하면 바닷물은 서빙고 안보다도 더욱 차가웠을 게 분명했다.

　어쩌면, 무린조차 딱 한 번 들어가 본 적이 있는 북방의 끝,
북해의 호수만큼이나 차가웠을지도 모른다.

　자력으로 나왔으나, 이미 빼앗긴 체온으로 인한 동사(凍
死).

　그게 무린의 아버지가 숨진 원인이었다.

　그래도 그나마 시신이라도 챙긴 게 다행이었다. 같이 나갔

던 마을 사람 한 명은 아예 파도에 쓸려 나가 시신조차 챙기
지 못했다고 들었다.

'후, 하루, 하루만 일찍 왔어도……'

무린은 그 생각을 떨쳐 낼 수 없었다.

하루.

아니, 시간상 따져 보면 딱 반나절만 일찍 왔어도 어쩌면
아버지는 무사하셨을 것이다. 아니, 아니다.

분명히 무사했을 것이다.

자식이 온 날 무리해서 바다에 나갔을 리도 없고, 나간다
했더라도 분명 자신이 말렸을 것이다.

그러니… 딱 반나절, 반나절만 일찍 왔어도 아버지는 무사
하셨을 것이다.

뚝.

한 방울 눈물이 아버지의 봉분(封墳)에 떨어졌다.

무린은 그렇게 아버지를 보냈다.

그날 저녁.

무린은 동생들을 불러 방에 모여 앉았다.

아버지의 상을 치렀지만 두 동생들의 얼굴에서 깊은 슬픔
은 느껴지지 않았다. 애써 참고 있는 건지도 모르겠지만 일단
세상이 무너져가는 슬픔을 느끼고 있지는 않는 것 같았다.

그저 담담하게 받아들이고 있는 것인가.

무린의 생각이었다.

'아니면 이미 나처럼 수도 없이 봐온 죽음 때문에 그런지도 모르지.'

좀 전 속마음은 두 동생을 빗대어 한 생각이지만 그건 사실 무린의 현재 상태였다.

무린은 많은 죽음을 봐왔다.

자연적인 죽음도 그렇지만 타인에게 죽는 죽음을 수도 없이 봐왔다.

그래서일까.

아버지의 죽음은 분명 슬픈 일이다.

세상이 무너지는 슬픔을 느낀다 해도 그 누구도 이상하게 생각하지 않을 것이다. 하나 무린은 담담했다.

그걸 무린은 모르고 있었다.

생각을 끊고 두 동생을 다시 지긋이 바라보는 무린.

"……."

무린은 말할 수 없었다.

십오 년의 세월.

그건 너무나 긴 세월이었다.

"……."

"……."

물론 그건 두 동생들에게도 마찬가지였다.

십오 년의 세월은 두 동생들이 무린이 죽었다고 느끼기에 충분한 시간이었다. 그리고 그건 무린도 마찬가지.

한 가닥 희망을 품고 있었지만, 이 어려운 시기에 어쩌면 가족들에게 불상사가 생기지 않았을까 하는 마음을 품기에 충분했다.

"후우……. 오랜만이다. 나를 알아보겠느냐."

무린은 먼저 입을 열었다. 질문을 던진 후 조용한 눈동자로 바라보자 동생들도 자신과 비슷한 눈빛으로 입을 열어 대답했다.

"네."

"기억 속에 희미하게 있습니다."

"……."

기억에 있다라…….

고맙구나.

찰나 든 생각을 입 밖으로 내뱉지 않고 그저 침묵한 무린은 다시 물었다.

"어머니는 어떻게 되신 게냐."

"……."

"……."

반드시 해야 할 질문이다.

아버지의 상을 치르는 동안, 어머니가 보이지 않았다.

그건 필시 무슨 일이 생겼거나, 혹은 그에 준하는 다른 일이 있다는 뜻이다. 집안의 장남인 무린으로서는 반드시 알아야 할 일이기에 지체하지 않고 물었다.

하지만 돌아온 건 동생들의 침묵.

무린은 가만히 기다리다 다시 입을 열었다.

"어머니는 어떻게 되신 거냐 물었다."

무린의 질문에 둘째, 무혜가 입을 열었다.

"잘 모릅니다."

"모른다?"

"네, 제가 열다섯이 된 어느 날, 어머니는 갑작스레 사라지셨습니다. 아버지에게 물어봤지만 말해주시지 않았습니다."

"……"

무린은 눈을 감았다.

결론은 간단했다.

없다.

무혜가 열다섯이 된 어느 날이라면… 지금부터 구 년 전이다. 그 구 년이란 세월 동안 어머니가 곁에 없다는 건 역시 좋은 일은 아닐 것이다.

생사를 두 동생이 확인하진 못했으나, 아마도……

그리고 기억 속에 어머니는 항상 아프셨다.

그렇다면 그 뒤는……?

생각하기 싫었다.

이제 생각의 나아감은 사양이다.

"힘들었겠구나."

"…아닙니다."

무린이 자신의 감정조차 애써 누른 위로에 무혜는 잠시 뜸을 들이다 대답했다. 차분했다. 그 차분함에 무린은 무혜의 얼굴을 가만히 뜯어봤다.

자신이 아버지를 닮아 호남(好男)의 기상이 있다면, 무혜나 무월은 어머니를 닮아 청초함이 그득했다.

다만 조금 다른 점은 무월이 무혜보다 성장이 좋았는지 좀 더 성숙한 여인의 몸을 지니고 있다는 점이었다.

또한 눈매도 조금 달랐다.

무혜가 차분하고 지적이라면, 무월은 보다 화사한 느낌이 강했다.

'무혜는 소향을, 무월은 검란 소저를 닮았군.'

두 동생을 보며 무린은 북방의 전쟁터에서 있을 당시 인연을 맺었던 여협과 자신을 잘 따르던 동생을 떠올렸다.

소향은 듣기로는 어느 세가의 자제라 했는데 머리가 좋아 군부의 물자를 담당했었고, 검란은 매화(梅花) 향을 가득히 풍기는 여협이었다.

물론, 전쟁터에 있었던 만큼 결코 가진 바 비밀이 적지 않았을 것이다. 그렇게 잠시 둘을 떠올리고 있는데 무혜가 이번엔 무린에게 질문을 했다.

"북방으로… 가셨다 들었습니다. 어떻게 지내셨는지 궁금합니다."

"……."

흔한 안부를 묻는 질문이지만 무린은 쉽게 대답하지 못했다.

북방(北方).

사람들이 흔히 북방이라 하는 곳은 알다시피 전쟁터였다. 당금의 중원을 차지하고 있는 제국과 그런 중원을 차지하려는 이민족과의 싸움이 끊이지 않는 전쟁터.

피가 튀는 건 예사고, 팔다리가 잘려 날아가는 건 흔히 있는 일이다.

오늘 같이 자던 동료가 내일 시체가 되는 것도 당연한 곳이 바로 사람들이 쉽게 북방이라 부르는 곳이었다.

매캐하고 역한 시체 타는 냄새를 매일 맡으며 지내야 하는 곳 또한 북방이다. 돌아가는 자보다 그곳에 뼈를 묻는 자가 더 많은 곳이 바로 북방이다.

그런 곳에서 있었던 일을 곧이곧대로 무혜와 무월이에게 말한다? 거기다가 십오 년을 못 봤었고, 이 마을에 도착해 상을 치루는 동안에도 한마디 대화조차 나누지 않았는데?

'농담도…….'

"잘 있었다. 잘 있었으니 오라비가 지금 이 자리에 있는 게 아니겠느냐."

"…그렇다면 다행입니다."

무린의 대답에 무월은 그저 다행이라고 하고 고개를 끄덕였다. 그러자 이번엔 무월이 입을 열었다.

"아버지에게 들었습니다. 빚 때문에 팔려가셨다고요. 하물며 팔려간 곳이 북방의 전쟁터였다는 소리를 듣고… 저는 오라버니가 그저 돌아가셨다고 생각했습니다."

"……."

그 말에 무린은 잠시 침묵했다.

하나 무월의 입은 멈추지 않았다.

"사람들에게 물어보니 열이면 열 죽는 곳이라 했습니다. 오라버니에 대한 기억이 희미해질 때, 살아계시기를 기도하는 것도 포기했습니다."

"……."

한(恨)이다.

인생에 대한 한인가, 아니면 자신에 대한 한인가.

어느 종류의 한인지는 아직 감을 잡을 수 없으나 무린은 무월의 말에서 한을 느꼈다.

무린은 십오 년 동안 전쟁터에 있으면서 수많은 인간 군상을 만났고, 그들의 이야기를 직간접적으로 들어왔다.

그렇게 들으면서 무린에게 한 가지 능력이라고 불러도 좋은 게 생겼는데, 사람의 목소리와 얼굴의 표정으로 현재의 감정을 읽는 게 어느 정도 가능해졌다.

물론 아예 대놓고 속이고자 하는 사기꾼은 파악 못하겠지만 무월은 그도 아니니 파악이 가능했다.

'슬퍼하고 있구나. 무엇이 그리 슬픈 게냐.'

속으로 그리 질문하고 무린은 가만히 무월을 바라봤다.

"어느 때는 오라버니를 원망도 했습니다. 곁에서 지켜주지 않는 오라버니가 참 미울 때도 많았습니다."

나에 대한 한인가.

"하나 그게 제 잘못된 생각인 걸 깨닫는 순간부터, 오라버니의 생환을 다시금 기도했습니다. 하루, 매일을 그렇게 기도했습니다."

아니다.

무월의 목소리는 담담했다.

그러나 그 목소리 안에는 떨림이 존재하고 있었다. 무린을 그걸 느꼈기에 그만해야 할 것을 느꼈다.

"되었다."

무린은 거기서 무월의 말을 잘랐다.

더 이상은, 무의미할 뿐이다.

무월의 한이 어디서 오는 건지, 무린은 이미 파악했다. 한 가지 이유가 아닌, 자신의 인생을 비롯해 가정환경 등등, 그 전부에서 나오는 게 분명했다.

나는 왜 이럴까.

왜 이렇게 비참한 삶을 살고 있나.

그 모든 게 복합적으로 작용해 생긴 한이 분명했다.

그래서 무린은 잘랐다.

억누르며 말하고는 있지만 감정을 막고 있는 둑이 언제 무너질지 알 수 없었다. 감정을 폭발하면 좋은 일도 생기지만 매번 그러라는 법은 없었다.

"이 오라비가 돌아왔으니, 이제 그만 말해도 된다. 너의 마음, 오라비는 전부 이해했으니 말이다. 그러니 그만 말하거라."

무월은 가만히 앞으로 나아가, 두 동생을 끌어 앉았다.

"고생들 했다."

"……."

"……."

동생들은 울지 않았다.

第二章
적응(適應)

귀환병사

무린은 두 동생이 잠들고, 조용히 방을 나서 낡아 무너지기 일보 직전인 마루에 앉았다. 휘영청 떠 있는 달을 올려다보니 새삼 현실이 느껴지기 시작했다.

휘이잉.

매서운 바닷바람이 무린을 스치고 지나갔는데 무린은 움찔거리기조차 않았다. 이 정도 바람은 북방에선 사시사철을 맞고 사는 바람이다.

아니, 봄바람만큼도 안 되는 바람이었다.

오히려 머릿속을 깨끗하고 맑게 씻어줄 뿐이었다.

'가족을 찾았다.'

찾았다.

오매불망까지는 아니었으나 희망의 끈을 놓지 않고 있었던 무린에겐 정말 감격스러운 일이었다.

물론 시작은 좋지 않았지만 그래도 그게 어딘가.

두 동생이 건재하다.

청초하고 아름답게 핀 꽃이 되어 건강하게 재회했다.

'그게 어디랴.'

그리고 조금 나눈 대화지만 그 짧은 대화 속에서 두 동생이 어떻게 자라왔는지를 알 수 있었다.

호연화.

그러니까 무린의 어머니는 엄격하셨다.

기억 속에 어머니는 항상 아픈 신색이었지만 누구보다 따뜻했으면서 반대로 엄격하셨던 게 바로 어머니셨다.

특히 어머니가 가장 엄격해지실 때가 있는데, 그건 바로 무린을 공부시킬 때였다. 열 살이 넘어서부터 시작된 어머니와의 공부는 어린 무린에게는 고된 일이었다.

열 살이면 정말 특별하지 아니하고는 철없이 뛰어놀기 바쁜 나이였다. 하나 무린은 그걸 강제로 멈춰야 했다.

기울어져 가는 정도가 아닌 폭삭 무너진 가세 때문에 어머니의 공부 후, 무린은 빠르게 철이 들었다.

열 살.

어머니의 공부가 시작되고 반년의 시간이 흐른 후 무린은 당시의 가업을 돕기 시작했다. 뛰어노는 친구, 동생, 형들을 뒤로하고 말이다.

글도 그때부터 배웠고, 쓰고, 읽고 정도는 당연히 할 줄 알았다.

시조를 쓰진 못하지만 옮겨 쓰는 것도 가능할 정도로 무린은 글을 배웠다. 하지만 정작 무린이 가장 힘들게 배운 게 있다면 그건 바로 말투였다.

애들 말투가 아닌, 격식있는 말투를 배운 것이다.

그리고 그때 배운 말투를 무린은 아직까지 썼다.

근데 동생들과 얘기를 나눠 보니 동생들도 마찬가지였나 보다. 차분하고 격식있는 말투. 그건 북방으로 팔려가기 전 어머니와 아버지가 나누던 대화와 정말 똑같았다.

'잘 자라주었어.'

천방지축이나 부모님 속 썩이는 아이들로 자란 게 아닐까 마음속으로 생각했던 것과는 달리 두 동생은 너무 훌륭히 자라주었다.

그건 더 겪어보지 않아도 알 것 같았다.

하지만 그럼으로써 걱정이 생겼다.

과년한 나이.

시대상으로 보자면 현재 무혜와 무월이의 나이는 결코 적지 않았다. 이제 스물을 넘긴 게 아니라, 벌써 스물을 넘긴 것이다.

무혜가 스물넷, 무월이 스물둘이다.

'그동안 가정 형편 때문에 혼인은 생각도 못했겠지.'

먹고살기 바빠 죽겠는데 그런 걸 생각할 시간이 어디 있겠는가.

입 하나 줄인다는 셈으로 그냥 아무하고나 한다?

그것도 상대가 어느 정도 살 때의 이야기다.

이런 마을을 전전하고 다녔다면… 앞집도, 옆집도, 뒷집도 사정은 비슷하리라. 하루 벌어 하루 먹고사는 그런…….

그러니 혼인은 생각조차 못했을 것이다.

물론 여기에는 무린이 알지 못하는 비밀이 있지만 그건 비밀이니만큼 아직 무린이 알 수 있는 방법은 없었다.

'좋은 짝이 생긴다면…….'

이제 자신이 왔으니 그저 그런 놈팡이한테 동생들을 시집보내고 싶은 마음은 개미 눈곱만큼도 없었다.

자신은 아직 피부로 와 닿지는 않지만 한 집안의 가장이 되었다.

좋은 사람.

좋은 집안에 보내주고 싶었다.

그게 오라버니로서의 무린의 마음이었다.

하지만 그러기 위해선 선행되어야 할 문제가 있었다. 당연히 두말할 것도 없이 집안 형편이었다.

현재 무린은 자신이 앉아 있는 이 집의 마루만 보고도 얼마나 집안 사정이 안 좋은지 알 수 있었다.

군문을 나서며 적지 않은 돈을 가지고 왔지만 그 돈은 이미 이곳을 찾느라 거의 전부를 사용해 버렸다.

'아니, 그게 문제가 아니지. 일단은 차근차근 가세를 일으켜 세워야 한다. 사람 사는 곳으로 여길 바꾸는 게 먼저겠어.'

무린은 현실을 직시했다.

동생들의 혼인도 일단은 가세를 어느 정도 일으켜 세운 다음 생각하는 게 옳다 판단한 것이다.

하지만 그렇게 생각을 먹음과 동시에 난관에 봉착했다.

'하지만 어떻게……'

무린이 배운 게 뭐가 있을까.

농사?

그물질?

전부 아니올시다.

무린이 현재 기억하고 있는 배움은 생존이 전부다.

이 생존 안에는 적을 죽이는 것부터 시작해서, 적지에서 살아남는 방법까지 그 모두가 들어 있었다. 그걸 빼면 현재의 무린은 시체라고 봐도 무방했다.

십오 년 세월이 그렇게 만든 것이다.

하나 그럼에도 무린은 담담한 신색을 유지하고 있었다.

"사지 멀쩡한 몸이 있고, 온전한 정신이 있다. 무엇인들 못할까."

맞는 말이다.

사지육신 멀쩡하고, 정상적인 사고가 가능한 머리가 있다.

"가장 중요한 것부터 하나씩, 하나씩 차근차근 해나간다."

일부러 소리를 내며 말하는 무린.

그건 곧 자신에게 하는 다짐과도 같았다.

이제 북방에서 십오 년을 살아남은 병사 진무린은 없었다.

두 동생을 둔 한 가정의 가장인 진무린이 남아 있을 뿐이었다.

휘영청 떠 있는 달.

그 달을 보며 무린은 다시 한 번 다짐했다.

곧.

행복하게 해주겠노라고.

*　　　*　　　*

이른 새벽.

아직 동도 트지 않았는데 무린은 습관처럼 몸을 일으켰다.

전쟁터에서 십오 년을 산 만큼 무린은 깊게 잠드는 법이 결코 없었다. 언제나 선잠을 잘 뿐이었다.

피로는 깊게 잠든 것보다 덜 풀리지만 대신 목숨을 챙기기엔 선잠이 훨씬 좋다는 걸 알게 된 후 가진 습관이었다.

그건 군문을 나선 지 꽤 시간이 지난 지금도 마찬가지였다.

"……."

째근.

동생들은 아직 자고 있었다.

그 모습을 본 무린은 조용히 몸을 일으켜 문밖으로 나섰다. 문지방은 나름 관리를 잘했는지 아주 작은 소음만 동반하고 문이 열려 동생들을 깨우지 않고 밖으로 나설 수 있었다.

밖으로 나온 무린은 창고 근처에 세워둔 창을 잡았다.

우득!

우드득!

자면서 굳어 있던 몸을 풀기 시작하자 무린의 몸에서 우득거리는 소리가 났다. 몸을 다 푼 무린은 곧 창을 잡고 자세를 잡았다.

"후우……."

무린은 특별한 무술을 배우지 않았다.

전쟁터에서 귀동냥으로 듣고 배울 법도 하지만 무린에겐 해당 사항이 없었다. 그런 무린이 익히고 있는 창술은 기본적인 것이 전부였다.

찌르고.

휘둘러 치는 것.

창의 탄생 유래는 모르지만 무린은 봉에서 파생되었을 것이라 생각했다.

운용은 똑같지만 더욱 살상을 극대화시키기 위해 만들어진 게 창이 아닐까?

무린은 그렇게 생각했다.

전쟁터에서 십오 년을 살아남는 동안 무린은 오직 찌르고, 휘두르고. 이 두 가지만 죽도록 연습했다.

그리고 하루하루 훈련이 누적될수록 무린이 전쟁터에서 살아남을 확률은 그에 비례해 올라갔다.

다른 병사들은 쓸데없는 짓이라 하며 비웃었지만 무린은 그걸 이 년이 넘어가면서 확실히 느꼈다.

노력은 배신하지 않는다는 것을.

"스읍……!"

한 발자국 나가는 무린의 발.

쿵!

경쾌하지만 태산 같은 진각 이후, 무린의 창이 빛살처럼 허공을 꿰뚫었다. 기본 중 기본인 찌르기였다.

"후우……."

무린은 참았던 숨을 내뱉으면서 창을 회수했다. 그리고 다시 찌르기, 거두기, 다시 찌르기를 반복했다.

어떠한 기교도 없는 우직한 찌르기였다.

하지만 그 안에 조금씩 다른 점은 있었다.

때로는 바람처럼 빠르게.

때로는 태산같이 무겁게.

오직 찌르기 한 동작을 나눠서 백 번씩 한 무린은 자세를 바로잡고 숨을 몰아쉬었다. 바로 선 무린의 얼굴에서는 겨울로 들어서는 쌀쌀한 날씨임에도 불구하고 굵은 땀이 방울져 흘러내렸다.

잠시 숨을 고른 무린은 다시 몸을 움직였다.

이번엔 휘두르기였다.

이번 휘두르기는 찌르기와는 달랐다.

중간중간 끊어지지 않고 자연스럽게 이어졌다. 빙글 돌면서 휘두를 때도 있고, 짧고 빠르게 각 요혈을 끊어 두드리는 동작도 있었다.

이번엔 현란함도 들어 있었다.

상대의 시선을 어지럽히는 발재간이 특히 그랬다.

발재간.

일반적으로는 보법(步法)이라 하지만 무린은 그런 걸 배운 적이 없었다. 그저 훈련을 통해 만들어진 자신만의 동작이었다.

그랬기 때문에 틀에 박혀 있지 않았다. 하지만 그럼으로써 더욱 상대의 허를 찌를 수 있다는 걸 무린은 알게 됐고, 그때부터 발재간에도 특히 많은 신경을 썼다.

무린의 훈련은 한동안 계속됐다.

찌르고, 휘둘러 두드리는 그 일련의 동작들은 십오 년의 세월이 고스란히 녹아 있어 경지에 이른 움직임처럼 보였다.

슉!

후웅!

찌를 땐 날카로운 소리가 났고, 휘두를 땐 묵직한 소리가 났다.

이윽고 무린이 멈췄다.

한바탕 훈련을 끝낸 무린의 얼굴에선 이제 땀방울이 비 오듯이 흘러내리고 있었다.

"후우, 후우, 하아……"

호흡을 가다듬으면서 소매로 얼굴의 땀을 스윽 훔쳐내자 박수 소리가 들렸다. 그 소리에 무린이 돌아보자 무혜와 무월이 언제 일어났는지 마루에 앉아 무린을 보며 박수를 치고 있었다.

짝짝짝.

이미 알고 있었기 때문에 놀라지는 않았다. 다만 조심스럽게 앉아 박수를 치는 동생들을 보자 무린은 조금 쑥스러움이 생겨났다.

"언제 나왔느냐."

"조금 됐어요."

무린의 말에 무월이 조용한 목소리로 대답했다. 자다 일어나서인지 잠겨 있었지만 차분한 그 목소리는 듣는 이의 마음을 진정시켜 주는 듯했다.

"나왔으면 인기척을 내지 않고."

"그저 지켜보고 싶었습니다. 혹, 방해가 됐는지요."

"아니다. 수련은 끝났으니 방해되지는 않았다."

"그럼 다행입니다."

남매지간의 말투치고는 너무 딱딱했지만 둘은 그런 것엔 신경 쓰지 않았다. 똑같이 배웠으니 이상할 리가 없었다.

"그럼 저는 아침상을 준비하겠습니다."

"그래."

"그럼 씻고 잠시만 기다리세요. 무월아, 가자."

"네."

두 동생이 자리를 뜨자 무린은 창을 내려놓고 몸을 다시 이리저리 움직였다. 간만에 움직여 경직된 근육을 풀어주기 위해서였다.

어느 정도 땀이 식자 무린은 집 뒤에 흐르는 개울로 가 몸을 씻었다. 차가운 물이 피부에 닿자 안 그래도 말끔한 정신이 더욱 말끔해지는 것 같았다.

집으로 돌아온 무린은 메고 온 짐에서 천 옷을 하나 꺼내 입었다. 여기저기 찢어져 기운 곳이 많았지만 그래도 색이 검은색이라 나름 깔끔해 보였다.

옷을 갈아입고 잠시 기다리자 무혜와 무월이 곧 상을 가지고 방으로 들어왔다. 아침상은 검소했다.

잘 익은 밥과, 해안가에 닿아 있어 그런지 생선 몇 마리가 고작이었다.

"드세요."

"그래, 잘 먹으마."

나무젓가락을 들어 밥을 한 숟가락 크게 퍼 입에 넣는 무린. 질이 좋은 쌀은 아닌지 가장 먼저 느낀 건 푸석함이었다.

그다음은 생선 구이를 맛보았다.

소금도 없는지 밍밍하기만 한 생선구이.

"맛있구나."

하지만 무린은 입가에 미소를 지으며 말했다. 그 말은 사실이었다. 밥은 푸석했고, 생선은 싱거웠지만 무린은 정말 맛있었다.

“감사합니다. 많이 드세요.”

무린이 먹기 시작하자 곧 무혜와 무월도 아침을 먹기 시작했다. 그런 동생들을 보며 아침을 먹던 무린은 온몸을 스쳐지나가는 짜릿함을 느꼈다.

‘이 얼마 만에 하는 가족 식사인가……’

북방에 있을 당시 한두 번 꿈꿔온 게 아니었다.

거친 바닥에서 잠들 무렵에도 무린은 이 상황을 그려왔다.

가족.

가족에게 돌아간다는 건 무린에게 꿈이나 마찬가지였다.

그리고 지금 그 꿈을 이뤄 가족 전부는 아니지만 두 동생들과 아침을 먹고 있다. 다른 걸 다 떠나서 그게 너무 감격스러운 무린이었다.

세 남매의 아침 식사는 그래서 그런지 조용했다.

잠시 후 아침을 다 먹은 뒤, 생수로 입가심을 한 무린은 비슷하게 식사가 끝난 동생들을 보며 물었다.

“잘 먹었다. 그리고 집안에 지금 가장 필요한 게 무엇이냐.”

“……”

무린의 말에 동생들은 대답을 바로 하지 않았다. 그 침묵에 무린은 다시 한 번 재촉할 수밖에 없었다.

“괜찮다. 말해 보거라.”

"…먹을 양식이 가장 급합니다."

"양식이라……. 며칠 치나 남았느냐."

"아껴도 이틀입니다."

"아껴도 이틀이라……."

무린은 이틀이라는 말에 듣고 정말 자신의 가족은 하루 벌어 하루 먹고사는 게 분명하다 생각했다.

그리고 그런 현실을 딛고 살아온 두 동생들이 안쓰러웠다.

하지만 안쓰러워하는 것도 잠시.

무린은 두 동생을 다시 대견한 눈으로 봤다.

'이렇게 어려운 환경 속에서도 용케 올바르게 커주었구나.'

참으로 대견했다.

바꿔 생각하면 그랬다.

이렇게 어려운 생활 속에서도 무혜와 무월은 조금의 어긋남도 없이 아주 훌륭하게 자라주었다.

'하지만 이젠 걱정 말거라. 이 오라비가 배부르게, 등 따시게 해주마.'

무린은 정이 담긴 눈으로 두 동생들을 찬찬히 살펴봤다. 먹을 게 풍족하지 않아 영양소 섭취가 부족했을 텐데도 무혜와 무월은 왜소하지 않았다.

오척은 가뿐히 넘는 체구에 살도 제법 올라 있었다. 물론

잘 먹어서 그렇기보단 집안 내력으로 건강해 보이는 것일 테
지만 무린은 그게 어디냐 생각했다.

"그럼 이 오라비가 나가 식량을 구해 오마. 오늘 하루는 쉬
고 있거라."

"근처에는 이미 식량이 말랐습니다. 어떻게 구해오실 생각
인지요."

무린의 말에 바로 무혜가 대답했다.

어려운 시기.

주변의 나물이나 식량은 씨가 말랐을 게 분명했다.

그렇다면 무린은 어떻게 식량을 구해올까?

"걱정하지 말거라. 오면서 낮지 않은 산을 봐뒀다. 그 산에
서 사냥을 하면 되니 걱정하지 말아라."

사냥이었다.

이제 군문을 전역한 무린이 할 줄 아는 게 뭐가 있겠는가.
농사? 그물질? 그 두 가지는 아예 할 줄 몰랐다.

하지만 사냥은 할 줄 알았다.

그것도 일반 사냥꾼보다는 더욱 잘 말이다.

"듣기로는 그 산에 흉한 짐승이 있다는 소문이 있습니다.
부디 조심하세요."

근처에 먹거리가 씨가 말랐는데, 산에는 흉한 짐승이 산
다? 무린은 이해가 안 갔으나 동생들의 걱정을 풀어주기로

했다.

"걱정할 것 없다. 이 오라비는 짐승 따위에 당할 실력이 아니니 말이다."

짐승과 무린이 만나면 조심해야 할 건 무린이 아닌 짐승이다. 이건 확실했다. 혹한의 대지에서 사는 늑대도 잡아본 경험이 있는 무린이다.

겨우 짐승 따위에, 만에 하나도 그런 일은 일어나기 힘들 것이다. 하나 무혜는 여전히 걱정기가 어린 목소리로 말했다.

"그래도요. 몸조심하세요."

"그렇게 말하니 조심하도록 하마. 그럼 쉬고 있거라."

무린은 오늘 할 일을 정한 만큼 바로 자리에서 일어났다.

배부르게, 등 따시게. 합쳐서 사람답게 살게 해주겠노라고 다짐했다. 오늘은 그 첫날로, 동생들을 배부르게 먹일 작정이었다.

꼭 말이다.

마당으로 나온 무린은 나무창을 세워 잡고 사냥 나갈 준비를 하자 언제 갔다 온 건지 무혜가 주먹만 한 보자기를 들고와 건넸다.

"삶은 감자 몇 개 챙겼습니다. 시장할 때 드십시오."

"고맙구나."

무린은 그걸 등짐에 잘 챙겨 넣고는 동생들을 한 번씩 바라본 후 집을 나섰다.

한 시진을 조금 넘게 걷자 목표했던 산에 도착했다.

산 입구에 도착한 무린은 잠시 숨을 돌렸다.

그리고 곧 산을 타기 시작하는 무린.

산은 그렇게 험하지 않았다.

사람의 손길을 타긴 했는지 군데군데 길이 있었지만 무린은 그 길 말고 그냥 직접 길을 만들며 올라갔다.

사람의 손을 탄 곳엔 짐승들이 발을 잘 들이지 않는다는 걸 알고 있기 때문이었다. 본인은 모르지만 사람에겐 고유의 향이 있고, 후각이 예민한 동물들은 그런 냄새를 맡으면 거부하고 도망가기 일쑤였다.

그렇게 길에서 벗어나 한참을 뒤진 끝에 무린은 풀을 뜯어 먹고 있는 토끼 한 마리를 시야에 잡을 수 있었다.

하얀 털을 가졌고, 살이 통통하게 오른 게 저 녀석만 잡아도 두 동생을 배부르게 먹일 수 있을 것 같다는 생각이 든 무린은 바로 나무창을 손에 쥐고 천천히 접근을 시도했다.

토끼는 예민한 동물이지만 작정하고 기척을 숨긴 채 접근하는 무린을 알아차리지 못했다. 이윽고 거리를 잡은 무린이 창을 손에 들어 뒤로 당긴 다음, 벼락같이 내던졌다.

쉬익!

푹!

　빠르게 날아간 나무창은 토끼가 미처 반응도 하기 전에 몸통을 꿰뚫고 바닥에 박혔다. 사냥에 성공한 걸 안 무린은 입가에 미소를 지으며 그 자리로 가서 창을 회수하고 토끼를 잘 새끼줄에 엮어 잘 챙겼다.

　산을 타기 시작한 지 반 시진 만에 사냥을 성공했다는 걸 안 무린은 좀 더 욕심을 내기로 했다.

　일단 오늘 먹을 저녁은 구했지만 만날 사냥하러 오기는 당연히 번거로우니 좀 더 큰놈을 찾아보기로 했다.

　무린은 다시 산을 타기 시작했다.

　위로, 산 정상으로 방향을 잡고 산을 타기 시작하는 무린. 하지만 위로 올라갈수록 짐승의 그림자조차 찾기 힘든 무린이었다.

　'이상하다. 이렇게 없을 수가 있나?'

　토끼를 찾은 게 행운이라 생각될 정도로 동물의 흔적을 찾기 힘들었다. 그걸 바위에 걸터앉아 생각하던 무린은 곧 이유를 깨달을 수 있었다.

　'아, 벌써 마을 사람들이 다 잡은 거군.'

　맞았다.

　이런 낮은 산을 그냥 둘 마을 사람들이 아니었다. 양식이 없다면 사람고기마저 먹는다는 소리가 있다. 그걸 생각하면 벌써 네발로 돌아가는 짐승은 모조리 사냥 당했으리라.

무린은 그 생각에 내려놓은 등짐 사이로 삐져나온 토끼의
발을 쳐다봤다.

'내가 운이 좋았던 거군.'

이 토끼 한 마리는 어쩌면 그의 귀환을 축하해주는 선물이
었을지도 몰랐다. 그 생각에 피식 웃은 무린은 곧 자리를 털
고 일어났다.

'하지만 흉한 짐승이라, 이상하군.'

확실히, 그러나 그건 아직 무린이 확인 불가능한 일이었다.
진실은 존재하겠지만 단서가 너무 적어 무린은 유추조차 불
가능했다.

몸을 일으킨 무린은 짐승이 없다는 걸 알았지만 시간이 남
은 만큼 좀 더 돌아다닐 생각이었다.

그런 생각에 무린은 산을 이 잡듯이 뒤지고 다녔다. 하지만
없었다. 네발 달린 짐승은커녕 날개 달린 짐승도 찾기 힘들었
다.

그렇게 시간을 허비하며 신시에 가까워졌을 무렵, 무린은
산에서 내려왔다.

다시 마을로 돌아오자 유시에 가까워져 날은 이미 어둡게
물들어 버렸다. 마을을 관통해 집으로 걸어가자 마당 앞에서
서 있는 두 동생을 볼 수 있었다.

"날이 추운데 왜 나와 있느냐."

"귀가가 늦어져 혹시 하는 마음에 기다리고 있었습니다."

무린의 물음에 무월이 조용히 대답했다.

반겨주는 이가 있다.

무린의 가슴은 그 말 한마디에 따뜻해졌다.

반대로 그런 대답에서 무린은 마음속으로 미안한 감정이 일었다. 집으로 돌아온 지 얼마나 됐다고 이리 걱정을 시키다니.

"미안하구나. 하지만 몸 성히 돌아왔으니 걱정 말거라. 자, 이건 오늘 잡은 토끼다. 나는 요리를 할 줄 모르니 너희에게 부탁해야겠구나."

"어머, 겨울이 다가와 사냥하기 힘드셨을 텐데… 서둘러 저녁상을 준비하겠습니다."

"그래, 부탁하자꾸나. 나는 좀 씻고 오겠다."

"네."

토끼를 건넨 무린은 등짐을 내려놓고 창만 들고 개울가로 향했다. 쫄쫄 소리를 내며 흐르는 개울에 도착한 무린은 곧 창을 내려놓고 위에 입고 있던 천 옷을 벗었다.

날씨가 차지만 북방에서 십오 년을 버틴 무린에게 이 정도는 추위도 아니었다. 상의를 벗고 하의를 걷은 무린은 지체 없이 개울에 발을 담그고 씻기 시작했다.

일단은 나무창을 잘 씻어내고 몸을 씻기 시작했다.

씻느라 움직이는 그의 상체는 어두워 잘 보이지 않으나 뭔가 지렁이 같은 것들이 꿈틀거리고 있었다.

흉터다.

전쟁을 십오 년을 치렀으니, 결코 범상한 흉터는 아닐 것이다. 하지만 반대로 그건 무린이 살아 있다는 증거이기도 했다.

몸을 씻고, 털어 대충 말린 무린은 다시 집으로 향했다. 집에 도착하자 열린 부엌에서 고소한 냄새가 흘러나왔다.

필경 토끼를 삶아 탕을 만들면서 나는 냄새가 분명했다.

그 냄새를 맡자 무린은 식욕이 도는 걸 느꼈으나 인기척을 내지 않고 방으로 들어가 조용히 기다렸다.

그리고 등짐을 내려놓고 펼쳤다.

무린이 전장에서 복귀하면서 챙긴 짐은 그다지 많지 않았다.

서책 두 권과 신분패, 불사패. 그리고 몇 벌의 옷가지와 모은 돈이 전부였다. 그중 돈은 거의 전부를 소진해 은자 조각과 동전이 조금 남아 있는 상태였다.

두 권의 서책 중 하나는 그냥 일반적으로 구할 수 있는 서책이었고, 한 권은 작전 중에 우연히 얻은 서책이었다.

하지만 지금의 글자가 아닌 다른 시대의 글자로 만들어진 책이라 무린이 읽기는 불가능해 그냥 가지고만 있던 책이었다.

약간의 은전을 뺀 뒤 책과 옷을 다시 등짐에 싸맨 무린은 가만히 방 안에 앉아 기다렸다. 그렇게 시간이 흘렀을 때, 까악! 하는 소리가 났고, 그 소리에 무린이 튕기듯이 일어나 문을 열고 밖으로 나갔다.

"씨발! 우리 아부지 한스럽게 돌아가시게 만들어 놓고 네 년들은 고깃국이 목구멍으로 처넘어가더냐!"

쩌렁하고 울리는 고함 소리가 있었고, 무린은 재빠르게 상황을 파악했다. 육척 정도의 사내가 동생의 머리채를 잡고 흔들고 있었다. 동생이 들고 있던 상은 바닥에 엎어져 쓰레기로 변한 상태.

"왜 이러세요! 그 손 놓아주세요!"

무혜가 머리채를 잡혔고, 무월이 사내의 손을 떼내려고 하는 상황.

한순간에 파악이 되자 무린의 몸이 마루를 박차고 날아 창을 잡았다. 그다음 휘리릭 몸이 회전하며 창대로 사내의 후두부를 향해 거칠게 휘둘렀다.

사내는 흥분해 있는 상태라 그런 무린의 행동을 전혀 보지 못했다.

빠각!

"악!"

창대가 사내의 머리통을 후려치자 경쾌한 소리가 터졌고, 사내는 무혜의 머리채를 잡은 손을 놓고 바닥에 주저앉았다.

"무혜! 무월! 이쪽으로!"

무린이 소리치자 무혜와 무월은 얼른 무린의 등 뒤로 숨었다. 동생들을 등 뒤로 숨긴 무린은 사내를 노려봤다.

"아악! 내 머리! 아아악!"

통증이 상당한지 머리를 부여잡고 비명을 지르는 사내를 보는 무린의 눈엔 적개심이 활활 타오르고 있었다.

동생을 건드렸다.

'감히……!'

분노가 활활 타올랐다.

십오 년 만에 해후한 동생들이다. 그런 동생이 머리채를 눈앞에서 잡혔다.

무린이 화가 나는 것도 당연한 일이었다.

"아윽! 뭐야! 넌 뭐하는 새끼야! 오호라! 저년들 얼굴에 반해 들어온 기둥서방이구나! 쓰레기 같은 것들!"

바람을 타고 날아오는 알싸한 주향(酒香).

하나 그런 것에 아랑곳하지 않고 안 그래도 굳어 있던 무린의 얼굴이 더욱 차갑게 변하기 시작했다.

스윽.

무린의 발이 앞으로 내디딜 준비를 했다.

바닥에 무방비로 앉아 있는 사내.

그런 사내에게 진각을 밟으면서 창을 내지른다면… 아무리 나무창이지만 저 사내의 몸통을 꼬치 꿰듯 꿰뚫을 것이다.

무린에게 그 정도는 일도 아니었다.

하나 무린은 내지르지 못했다.

뒤에 두 동생이 있기 때문에 끓어오른 분기를 겨우 참아낸 것이다.

"누구냐."

"더러운 것들! 마을에 외간남자를 들인 것도 모자라 이젠 마을 사람까지 때리게 하다니! 우리 아버지를 죽이게 한 것도 모자라 이제 나도 죽이겠구나! 그래! 죽여라 죽여! 어디 나까지 죽여 봐라!"

뚫린 입이라고…….

무린은 그래도 참았다.

"누구냐고 물었다!"

대답은 뒤에 있던 무혜가 했다.

"사고가 나던 날, 아버지가 설득해 같이 나갔다가 함께 변을 당하신 춘삼 아저씨의 아들이에요."

갑자기 봉변을 당했지만 무혜의 목소리는 여전히 차분하게 느껴졌지만 그 안에 은연중 스며든 잔떨림은 숨기기 힘들었다.

무린의 눈이 혜의 목소리의 떨림을 감지하고 더욱 사납게 타오르기 시작했다.

다른 건 참을 수 있다.

하나, 이제 내게 남은 혈육을 욕보이는 건 참기 힘들다.

아니, 싫다.

"그래! 어서 나도 죽여라! 그리고 우리 아버지 살려내라! 네년들 아비만 아니었어도! 우리 아버지는 그날에 바다로 나갈 일도 없었을 것이 아니냐! 네년들이 죽인 거야! 살려내라! 나는 죽이고 우리 아버지는 살려내라!"

마치 통곡하듯이 쏟아내는 그 정신없는 말에 무린은 사내의 목젖을 겨누고 있던 나무창을 내렸다.

동시에 분노도 가라앉기 시작했다.

사내의 말에 사고가 제대로 돌아가기 시작한 것이다.

"……."

"살려내라! 엉엉! 우리 아버지 살려내란 말이다! 흐엉엉!"

"원래 저런 분이 아닙니다. 평소에는 우직하고 근면한 분인 걸로 알고 있습니다. 아버지의 일이……."

"……."

무린은 사내의 통곡 뒤, 무혜가 한 조용한 말에 작게 고개를 끄덕였다.

입을 열 때마다 날아오는 주향으로 보아 여간 마신 게 아닌

것 같았다. 그렇다면 이렇게 정신을 놓고 미친 짓을 하는 것
도 어느 정도 이해는 갔다.

슬프고, 슬프리라.

이성은 사라지고, 그리움만 남았으리라.

쏟을 데 없는 슬픔이, 이런 상황을 만들었으리라.

무린은 그 주향이 사내의 이성을 날려 버렸지만, 자신의 이
성은 되돌아오는 걸 느꼈다.

사내가 저러는 것, 필시 아비를 잃은 슬픔 때문이리라.

사고 당시, 같이 나간 분이 있다 들었다. 그리고 시신조차
수습하지 못했다 들었다.

거친 파도가 시신을 끌고 도망간 것일 게다.

그렇게 아비를 잃은 슬픔에 잠겨 술을 마셨고, 이성은 마비
되고, 그리움을 동반해 이런 짓을 벌인 것일 게다.

아닐 수도 있으나, 무린은 그렇게 생각하기로 했다.

"나쁜 년들! 우리 아버지……."

빠각!

하지만 저 뚫린 주둥이에서 나오는 말은 참기 힘들었다. 다
시 한바탕을 쏟아낼 찰나, 무린은 창대로 사내의 머리를 후려
쳤다.

그러자 끅 하고 개구리처럼 뻗어버리는 사내.

"…후우."

사내를 기절시킨 무린의 입에서 한숨이 나왔다.

시간은 얼마 지나지 않았으나 한바탕 폭풍이 휩쓸고 간 것 같은 기분이었다. 그리고 동시에 씁쓸한 기분이 들었다.

사내의 말은, 대부분 이성적이지 못했지만 하나 이성적인 게 있었다.

바다에 나갔던 그날.

무혜의 말론 아버지가 먼저 저 사내의 아버지를 설득해 비 오는 바다로 나가자고 했다고 들었다.

그 춘삼이라는 분이 죽은 것은 무린의 아버지 책임이 컸다는 소리이기도 했다.

간단하게 생각해도 무린의 아버지가 나가자고 설득만 하지 않았으면 그런 일은 일어나지 않았을 게 분명했기 때문이다.

하지만 아버지의 책임이 곧 자식의 책임이 되지는 않는다.

무린은 결코 그렇게 생각하지 않았지만 그렇다고 아예 책임을 느끼지 않는 것도 아니었다. 그래서 참았다.

만약, 그런 것도 없었다면 무린은 분명히 제대로 손을 썼으리라.

십오 년 동안 사람을 죽이고 살아온 무린에게 저런 사내의 숨통을 끊는 건 결코 어려운 일이 아니었다.

사람을 죽이는 데 가지는 망설임? 거부감?

그런 것도 무린에겐 거의 없었다.

죽음, 그 죄에 대한 이성의 마비.

이미 무린은 그 끝에 다다른 상태였다.

십오 년을 전쟁터에서 보낸 놈이 정상일 리도 없었다. 하나 반대로 생각하면 이 정도인 게 무린의 정신력이 상당하다는 반증이 된다.

무린이 사람답게 살려고 노력했다는 뜻도 된다. 그리고 지금 이 순간, 무린은 지극히 현명한 선택을 했다.

무린은 이번엔 참기로 했다.

기절한 사내를 끌어올려 어깨에 들쳐 메고 무린은 무혜와 무월을 바라보며 물었다.

"이자의 집이 어디냐."

"저를 따라오세요."

무혜가 앞장섰다.

무린은 무혜를 따라 마을 초입쯤에 위치한 사내의 집을 찾았다.

"계세요."

"누구세요."

끼익.

무혜가 조용한 목소리로 부르자 바로 안에서 인기척이 나며 문이 열렸다. 그러면서 드러나는 중년 여자의 얼굴.

“저 무혜예요. 장백 공자가 쓰러져 있어 모시고 왔어요.”

“장백이가? 어휴! 이놈새끼가!”

중년 여인은 무혜의 말을 듣더니 바로 밖으로 나왔다. 그리고 무린의 어깨에 ‘걸려’ 있는 사내, 장백을 보더니 한숨을 푹푹 내쉬었다.

그러더니 곧 방으로 안내했다.

방에다가 장백을 내려놓은 무린은 곧바로 문을 나섰고, 무혜와 무월은 그 중년 여인과 좀 더 대화를 나누기 시작했다.

그 모습을 멀리서 바라보던 무린은 중년 여인의 얼굴에 깃든 수심(愁心)을 알아봤다. 이제 남편과 사별한 지 겨우 며칠이 흘렀을 뿐이다.

당연한 일이었다.

잠시 기다리자 얘기가 끝났는지 무혜와 무월이 돌아왔고, 무린은 집으로 돌아왔다. 돌아오는 내내 세 남매는 아무런 말도 나누지 않았다.

거친 일을 당한 무혜에게 무린은 괜찮으냐고 묻지도 않고 묵묵히 앞서 걸었고, 무혜는 물론 무월도 어떤 말도 하지 않았다.

한바탕 일어난 사건.

떠 있는 달은 이미 없는 사람을 추억하게 만들었다.

왜.

먼저 가셨습니까.

마당으로 들어오자마자 무혜가 무린을 보며 말했다.

"다시 저녁상을 차리겠습니다. 잠시만 기다려 주세요. 무월아, 넌 마당 좀 치우고 들어오렴."

"네, 언니."

무월은 무혜의 말에 대답하고는 바로 장백이라는 사내 때문에 더러워진 마당을 치우기 시작했고, 무혜는 곧바로 부엌으로 들어갔다.

무린은 두 동생의 행동을 보고 아무런 말도 하지 않고 그냥 방으로 돌아왔다. 그리고 눈을 감았다.

집으로 돌아와 처음 겪은 일.

기분 나빴지만, 마음 한구석으로는 나쁘지 않은 기분이 들었다.

'이런 걸 바라고 집으로 돌아오길 바랐던 걸지도……'

욕설도 듣고, 추잡한 소리도 들어서 분명히 기분이 나빴었다. 그런데 오히려 사람 사는 기분이 들었다.

이상한 일이었다. 하나 당연한 일이기도 했다.

북방에서는 이런 일이 거의 없다.

있어도 자기 일이 아니라면 수수방관하기 일쑤였다. 언제 죽을지 모른다는 불안감이 모든 일을 낙관하도록 만들기 때문이었다. 무린도 마찬가지였다.

특히 그중 무린이 있었던 부대들은 이상하게도 더욱 그랬
다. 어느 한 부대에 속해 있던 게 아니라 상황에 따라 계속 변
했는데도 이상하게 무린의 부대는 활력이 없었다.

그래서 쉬는 시간이 생기면 남들 일에 신경 쓰기보다 창 한
번 더 내질렀던 그였다. 물론 트집 잡기 좋아하는 자들이 시
비를 걸어왔지만 언제나 대화보다는 주먹으로 해결했던 무린
이었다.

지금도 주먹으로 해결했지만 그때 당시엔 못 느꼈던 감정
을 이번에는 아주 생생하게 느끼고 있었다.

분노, 슬픔, 걱정 등등 사람의 감정들을 말이다.

'살아남길 잘했다.'

살아남길 정말 잘했다 생각하는 무린이었다.

물론 살아남기 위해 악착같이 적을 죽여야 했고, 그 당시엔
정말 이렇게 살아야 하나. 그런 마음이 들었지만 지금 생각하
니 백번, 천 번 잘했다는 생각이 들었다.

그렇게 생각하는 와중에 무혜가 다시 김이 모락모락 나는
상을 가지고 들어왔고, 무린은 상념을 끊고 상 앞에 앉았다.

김이 나는 저녁.

앞에 앉은 무혜와 무월.

그리고 자신.

'이게 가족이지.'

치이고, 치이는 삶.

무린은 지금 이 순간 순수하게 행복했다.

＊　　　＊　　　＊

다음 날 아침도 어제와 똑같았다.

묘시에 딱 들어서는 시점에 일어난 무린은 창을 들고 아침 수련을 했다. 그리고 수련이 끝날 무렵인 묘시 말경에 아침을 먹었다.

아침 식사 때도 마찬가지였다.

거의 말이 없는 아침 식사.

북방으로 끌려가기 전에는 밥상머리에서 떠들면 아버지에게 쫓겨났었다. 그러니 당연히 식사할 땐 거의 침묵을 유지한 채 먹었다.

그건 동생들도 마찬가지 같았다.

그래서 아무런 대화도 없던 어제 아침과 오늘 아침도 똑같았다. 하지만 식사가 끝나고 무혜가 상을 치우기 전 어제와 다른 점이 생겼다.

"마을에 양식을 살 곳이 있느냐."

"네, 많이는 아니지만 며칠 치 양식을 살 곳은 있습니다."

"그럼 이걸로 사오거라."

"이건……."

무린은 주머니에서 은전 부스러기 몇 개를 꺼냈다.

조각난 은전 부스러기지만 이 정도면 아마 꽤 많은 양식을 살 수 있을 거라 생각됐다. 무린이 꺼낸 은전 조각을 보고 무혜와 무월의 눈에 놀람이 떠올랐다.

사실 무혜와 무월은 태어나서 한 번도 '은'이란 것을 구경해 본 적이 없었다. 동전이야 간간이 손에 쥐어본 적이 있었지만 은은 처음이었다.

그렇기 때문에 놀랐다.

은이 이렇게 생겼구나…….

하는 생각이 둘의 머릿속에 동시에 떠올랐지만 무혜도, 무월도 그걸 입 밖으로 내지는 않았다.

교육을 잘 받은 탓이었다.

이내 감정을 수습한 무혜가 말했다.

"이 정도면 넉넉히 살 수 있을 것 같습니다."

"그래, 다행이구나. 아, 그리고 하나 더."

"말씀하시지요."

무린은 한 가지 둘에게 더 당부하고 싶은 게 생겼다. 그건 말투였다. 사실 지금의 말투도 무린에게는 그다지 거부감이 느껴지지 않았다.

본인도 똑같기 때문이다.

하지만 어제 잠들기 전 잠깐 생각난 게 있었다.

'가족이라면… 좀 더 따뜻해야지.'

말투는 격식을 생성하지만 동시에 거리도 생성한다.

"지금 당장은 어색하겠지만 우리끼리는 좀 더 편하게 말했으면 한다."

"……."

"……."

무린의 말에 두 동생들은 입을 닫고 무린의 얼굴을 빤히 바라봤다. 그런 노골적인 눈초리에 무린은 잠시 얼굴이 빨개지는 걸 느꼈으나 그 내심을 숨기고 담담한 목소리로 다시 말했다.

"십오 년 만에 너희를 만났다. 이 오라비는 좀 더 정을 느끼고 싶구나."

진심.

무린은 진심을 담아 얘기했다.

그 감정이 느껴졌는지 무혜와 무월의 눈빛도 변했다.

"…차차, 고치겠습니다."

대답은 무혜에게서.

무린은 그 대답에 일단 만족하기로 했다.

"그래, 고맙구나. 이 오라비도 노력해 보겠다."

“네…….”

“아침부터 너무 대화가 무거웠구나. 나는 마을 밖 좀 돌아보고 오겠다.”

무린은 아침부터 대화가 무거웠다고 느꼈는지 거기서 끝내고, 자리에서 일어났다.

“네, 조심하세요.”

무혜가 차분한 목소리로 대답했고, 무린은 그 대답에 고개를 천천히 끄덕여 주고는 방을 나섰다.

방을 나선 무린은 한쪽에 세워둔 나무창을 들고 미리 준비해놨던 짐을 메고 집을 나섰다.

아직 이른 아침이지만 벌써 아침을 해결하고 생계에 나서는 어부들, 그리고 아낙들이 보였다. 아낙들은 마을 밖으로 먹거리를 구하러 나가고, 집안의 가장은 어부들은 모두 배를 끌고 바다로 나갔다.

날이 아직은 쌀쌀함에도 이렇게 움직이는 건 역시 저기 삼삼오오 모여 노는 아이들 때문이리라.

책임져야 할 아이들.

아직은 아무것도 모르는 순진한 아이들이 겨울로 들어섬에도 쉬지 못하고 어른들을 일하게 만드는 원동력이 분명했다.

무린은 그걸 보며 새삼 감격스러웠다.

그저 일상이다.

지극히 평범한 일상.

하나 무린에겐 일상이 아니었다.

피로 강물이 흐르는 곳.

시체가 산을 이루는 곳.

종국엔 적아의 구분이 사라지는 곳.

악귀들의 집단거처.

전장(戰場).

그런 곳에 있다 보면 지금 눈앞의 모습은 평범한 일상이 아닌, 꿈에나 바라는 동경의 대상, 혹은 환상이나 다름없다.

군문을 나서면서 그런 일상을 사실 많이 보아왔지만 무린은 가족을 찾는데 온 정신이 온통 쏠려서 그걸 느끼지 못했다.

그러나 지금은?

가족을 찾았다.

그러니 저 일상을 온몸으로 그대로 받아들일 수 있었다.

'어제도 보았는데, 오늘은 느낌이 다르다. 왜지?

어제도 분명 보았다.

어젠 별다른 걸 느끼지 못했다. 하지만 지금은 제대로 느끼고 있었다. 분명히 같았던 일상인데, 어제 못 느끼고 오늘 느끼면 어떠랴.

‘느꼈다면 그만인 것을.’

무린은 생각하지 않기로 했다. 마음 한구석이 따뜻해지는 걸 느끼며 무린은 마을 밖으로 나갔다.

무린이 마을 밖으로 나선 이유는 군문에서의 습관 때문이었다.

전장에서 주변의 지형지물을 익히던 버릇에 기인한 것이지만, 무린은 크게 의식하지 않았다. 무린이 있던 곳은 북방. 하지만 북방 어느 한 곳에서만 있던 게 아니라 진격과 후퇴를 거듭하며 계속해서 이동했었다.

굳이 따진다면 북방 그 전체를 돌아봤다고 해도 과언이 아니었다.

그렇게 떠돌면서 무린은 배운 게 하나 있었다.

언제 어떤 상황이 벌어질지 모른다는 것.

불시에 쳐들어오는 기습이 좋은 예다.

만약 기습에 제대로 걸렸다면 도주보다 좋은 게 없었다. 물론 바로 도주하면 안 되지만 주변 지형을 익혔다가 퇴각 명령이 떨어질시 바로 익혀 놓은 도주로를 타고 도망쳐 생존 확률은 확실하게 높아졌다.

그걸 무린은 자신보다 십 년은 더 생존했던 선임병사에게 들었다. 지금은 북방이 아닌 황도(皇都)에서 군인의 길을 걷고 있는 그 선임병사는 생존엔 탁월한 감각이 있었다.

흔히 말한다.

기세.

기감.

이런 것들.

전투가 벌어지기 전 요동치는 공기의 변화.

그 선임병사는 그걸 직감적으로 느꼈고, 항시 대비를 했다. 어느 정도냐면 자다가도 일어나 대비할 정도였다.

비가 오면 무릎이 쑤신다는 옛말과 비슷했다.

물론 그 정도로 살아남긴 힘들었다.

그래서 그는 항시, 도주로를 파악하고 다녔다. 그리고 그 정찰은 그의 목숨을 위급상황 시 항상 살려줬다.

무린이 지금 마을 주변을 정찰하는 것도 그 때문이었다.

지금은 한가하고, 이름도 없는 그냥 평범한 마을이지만 언제 어떤 일이 벌어질지는 아무도 몰랐다.

특히 해안가에 위치했기 때문에 더욱 조심해야 했다.

왜?

왜 해안가라서 조심해야 하는데? 하고 묻는다면 그건 정말 쓸데없는 질문이라고 무린은 대답할 것이다.

바다에 고기만 사는가, 도적질을 하는 자들은 땅에만 있나.

답이 되지 않는가.

물론 산동성의 특성상 황도(皇都)와 근접해 있기 때문에

간 덩어리 부은 해적은 얼마 없지만 아예 없다고도 말 못했다. 사람 사는 곳은 어느 곳에나 도적이 존재하기 때문이다.

그리고 없다고 해도, 해적 따위는 산동 반도와 인접한 근해(近海)에는 없다고 해도 만약을 위해 무린은 대비해야 한다고 생각했다.

그와 같은 이유로 무린은 지금 정찰을 하고 있었다.

마을 밖으로 나온 무린은 마을을 기점으로 북쪽 이십 리를 이 잡듯이 뒤졌다. 그리고 세세히 머릿속에 정찰에 대한 정보를 입력해 나갔다.

이건, 지금은 아무런 쓸모가 없어도 유사시, 자신은 물론 그의 가족, 더 나아가 이름없는 마을 주민들의 목숨을 살려줄 중요한 정보가 되어줄 것이다.

진시 초부터 시작한 정찰은 점심 끼니도 거르고 유시경에야 끝났다. 사실 일반 사람들이라면 불가능한 일이지만 전장에서 갈고 닦은 준족이 있기에 가능한 일이었다.

집으로 돌아온 무린은 이번에도 마당에서 자신을 기다리고 있는 동생들을 볼 수 있었다.

"오셨어요?"

"음? 아, 그래."

무월의 인사에 무린은 잠시 놀랐다가, 이내 얼굴을 풀고 동생들을 향해 희미한 미소를 지으며 대답했다.

아침에 그랬었다.

좀 더.

좀 더 말을 편히 해주지 않겠느냐고.

가족이니만큼 거리를 좀 더 줄이자고.

무월이 말을 편히 해준 건 그와 같은 이유에서였다. 아침에 얘기했지만 바로 들어주는 무월이 무린은 고마웠다.

"들어가시지요. 저녁상을 준비하겠습니다."

"그래."

무혜는 아직이었다.

그러나,

'고맙구나……'

무린은 그저 고마웠다.

그래서 무린은 섭섭해 하지 않았다. 아직은 시간이 필요한 일임을 잘 알았기 때문이다. 날씨가 춥지만 무린은 먼저 개울로 가 씻고 방으로 들어갔다.

무린이 들어가자 바로 무혜가 상을 들고 뒤따라 들어왔다.

저녁 식사는 역시 조용했다.

식사가 끝난 무린은 두 동생을 살펴봤다. 상복을 벗은 엊그제도, 어제도, 오늘도, 동생들의 옷은 똑같았다.

때가 꼬질꼬질하게 묻은 옷을 보니 무린은 마음 한편이 불편했다. 그건 위생 때문이 아닌, 저렇게 옷을 입어야 하는 현실 탓이었다.

갈아입기 싫어서가 아니라 없는 것이다, 갈아입을 옷이. 더욱이 지금은 춥다. 이제 앞으로 더욱 추워질 것이다.

추운 곳에서 오랫동안 있었던 무린과는 달리 두 동생들은 아닐 것이다. 거기다가 여인의 몸. 한기는 결코 좋지 못했다.

고뿔이라도 걸리는 순간, 무린의 마음은 훨씬 불편해질 것이다.

무린은 남은 은전 조각이 있는 걸 생각했다.

'살 수 있을까.'

그 은전 조각으로 무린은 동생들의 옷을 사주고 싶었다. 간단한 평복과 겨울을 날 두툼한 외투까지 말이다.

'오면서 본 마을이 있었지. 말이 있으면 하루면 족하겠지만… 이틀을 생각하고 갔다 와야겠구나.'

부지런히 가면 여기서 하루 좀 더 되는 거리에 조금 큰 규모에 마을이 있었다. 가족을 찾는다는 생각에 하루 묵지는 않았지만 시장기를 해결하기 위해 잠시 들르기는 했다.

분명 작은 규모지만 시전(市廛) 거리가 있었던 것 같았다.

'가자.'

무린은 마음을 정했다.

　오라비로서 결코, 이번 겨울을 동생들이 저런 옷을 입고 보내게 할 수는 없었다. 그날 저녁, 무린은 일찍 잠자리에 들었다.

第三章　선물(膳物)

귀환병사

어김없이 묘시에 들어서자 눈을 뜬 무린은 바로 행장을 꾸렸다. 소리는 작았지만 부스럭거리는 소리에 눈을 뜬 무혜가 몸을 일으키며 잠긴 목소리로 물었다.

"어디 가시는지요."

"갔다 올 데가 있다. 늦어도 내일 오후에는 올 테니 너무 걱정 안 해도 된다."

"아……."

무린의 대답에 무혜는 바로 몸을 일으켰다.

"그럼 간단히 요기 거리를 준비하겠습니다. 잠시 기다려

주세요."

"그래, 고맙구나."

무린은 무혜의 말을 막지 않았다.

거절하는 것은 오히려 거리를 줄이기는커녕 더욱 늘릴 것 같았기 때문이다. 아침 수련을 거스르고 잠시 기다리자 해가 뜰 무렵이 되어 무혜가 조만한 보자기를 가지고 왔다.

"잘 먹으마."

"아닙니다. 오라버니가 건강히 다녀오시면 그걸로 족합니다."

"꼭 그러도록 하마."

무혜의 대답에 무린은 고개를 끄덕이며 대답했다.

몸 성히.

당연한 말씀이다.

이제야 동생들을 만났는데 다쳐서 돌아와 동생들에게 걱정이나 슬픔을 안겨주고 싶은 마음은 추호도 없었다.

잠시 뒤, 오늘은 조금 늦게 일어난 무월까지 동반한 배웅을 받으면서 무린은 집을 나섰다.

자신의 뒷모습이 사라질 때까지 가만히 서서 배웅해 주는 무혜와 무월의 모습에 무린은 한시 바삐 갔다 와야겠다는 마음으로 걸음을 빨리했다.

하지만 그 걸음은 마을을 나와 저번에 토끼를 사냥했던 이름없는 산에 도착했을 때 결국 멈추고 말았다.

"나와라."

우뚝 걸음을 멈춘 채 뒤도 돌아보지 않고 말하는 무린.

"……."

그러나 뒤편에서는 아무런 말도 들려오지 않았고, 아무도 나오지 않았다.

무린의 착각인가? 설마, 그럴 리가.

군문을 나선 지 얼마나 됐다고 무린의 감이 녹슬었을 리가 없었다.

"지금 나서지 않는다면 이유 불문, 치겠다."

무린의 나직하지만 날카롭게 벼려진 그 목소리에 부스럭거리는 소리가 나기 시작했다. 역시 누군가 있었다.

아니, 누군가 무린을 쫓아왔었다.

마을에서부터 말이다.

무린이 신형을 돌려 상대를 확인한 후 눈살을 찌푸렸다.

"무슨 일이냐. 왜 나를 따라왔느냐."

무린의 목소리엔 호의라곤 없었다.

왜?

상대가 엊그제 술에 취해 난동을 부린 사내였기 때문이다. 동생의 머리채를 잡고, 저속한 말까지 했던 사내다.

아무리 자신의 아버지에게 책임이 있다고 해도, 결코 좋은 기분으로 받아줄 수가 없었다. 거기다가 지금 보니 사내는 자신의 뒤를 마을에서부터 미행한 상태. 좋은 의도라기보단, 나쁜 의도로 자신을 쫓은 것 같았다.

그런 경험을 무린은 전장에서 많이 겪어왔다. 무린에게 시비를 걸었다가 묵사발이 나고 앙갚음을 하려고 했던 옹졸한 자들.

물론 아직 말을 듣기 전이나 상황을 보아 후자에 더욱 힘을 주고 생각한 무린이었다. 아니나 다를까, 사내는 고개를 푹 숙이고 엉기적거리며 무린에게 다가왔다.

스윽.

그런 사내의 행동에 무린은 나무창의 끝을 잡고 전방으로 겨눴다.

창이 향하는 목표는 가슴이다. 뚫리면 반은 죽어나가는 신체 부위.

"멈춰라. 더 이상 다가오면……."

넓고 커서 찌르기도 용이한 곳에 창을 겨눈 무린이지만 이어진 사내의 행동은 무린의 창이 강제로 멈추게 만들었다.

"죄송합니다!"

"음?"

넓죽 엎드리며 절을 한 것이다.

무린은 그 행동에 얼굴이 모로 기울어졌다.

“엊그제 제가 정말 몹쓸 짓을 했습니다! 용서해 주십시오!”

“음……”

그제야 사내의 행동이 이해가 간 무린이었다.

사내는 용서를 구하려고 자신을 마을에서부터 미행한 것이다. 지금 현실만 보면 그런 답이 나온다.

“제가 그날 술에 너무 취해 그만……. 정말 혜 소저와 월 소저에게 그럴 생각은 눈곱만큼도 없었습니다. 그땐 정말 술에 취해서…….”

“…….”

그 말에 무린은 아무런 말도 하지 않고 가만히 엎드려 있는 사내를 바라봤다.

진심인가? 아님 자신의 경계를 무너뜨리고 틈을 노리려는 술수인가.

순간적으로 무린의 머릿속에서 빠른 계산이 이루어졌다.

오냐, 들어보자.

“진심이냐.”

“네! 정말 진심입니다! 용서해 주십시오!”

“일어나라.”

무린은 그렇게 말하고 한 발자국 물러났다.

만약을 위해 거리를 둔 것이다.

하지만 사내는 그 말에 일어나지 않았다.

"용서해 주시기 전엔 일어날 수 없습니다!"

"일어나라 했다."

그 말에 살짝 가라앉는 무린의 목소리.

"제발 용서해 주십시오!"

쿵!

"어서!"

"히익!"

사내가 거듭 그러자 무린의 목소리에 노기가 찼고, 발은 쿵 소리를 낼 정도로 강한 진각을 굴렸다.

그러자 사내는 그 소리에 놀랐는지 엎드려 있던 자세에서 뒤로 벌러덩 넘어가며 깜짝 놀란 신음을 냈다.

이 남자.

생각보다 순진한 것 같았다.

"일어나라 했다. 말이 말 같지 않은 것이냐!"

"아, 아닙니다!"

"눈치가 없는 것이냐! 아니면 무시하는 것이냐! 일어나라 했으면 용서한다는 뜻이 아니고 뭐겠느냐!"

"죄, 죄송합니다!"

"일어나라!"

"네!"

무린의 이번 말에 사내는 바로 일어났다.

"이름이 무엇이냐."

사내가 일어나자 그제야 가라앉는 무린의 목소리.

"이장백이라 합니다!"

"장백이라……. 길 장(長) 자에 나무 백(柏) 자를 쓰느냐?"

"네? 네! 그렇습니다!"

"긴 나무라……. 녀석, 길긴 하구나."

육척이 넘어 보이는 장백은 확실히 긴 나무처럼 크기도 했다. 거기다 다부진 체구까지 가졌으니 더욱 커 보였다.

"헤헤, 제가 좀 크긴 합니다."

얼굴에서 깊은 수심이 느껴지기는 하나, 그걸 못 느낄 만큼 순수한 웃음을 장백은 지어 보였다.

엊그제 아버지의 상을 치러 분명 힘들 터인데도 그리 웃는 걸 보니 아픔을 이겨내려는 의지도 보였다.

그걸 깨달으니 무린은 장백이 달리 보였다.

무린은 작게 웃었다.

의심은 이미 머릿속에서 사라지고 없었다.

이렇게 순한 녀석이 자신의 방심을 이끌어내기 위해 술수라? 그럴 리가 없었다.

만약 그게 아니라면 무린으로서는 결코 알아차리지 못할 사기꾼일 것이다.

믿기로 했다.

"나는 진무린이다. 진격 진(鎭) 자에 굳셀 무(武), 짓밟을 린(躙) 자를 쓴다. 나이는 올해 이립(而立)이 되었다."

"와아……. 뭔가 험하지만, 정말 멋진 이름입니다……."

한 자 한 자 뜻이 전부 험했다.

저걸 다 이어붙이면… 진격해서, 굳센 무력으로, 짓밟고 유린하다. 그런 뜻일 것이다. 보통 이런 이름은 불길해서 쓰지 않는 게 정석이다.

하나 왜인지 무린의 이름은 이랬다.

알기로는 아버지가 아닌, 어머니가 직접 지어주신 이름이라고 들었다. 보통 이름은 어미가 아닌 아비가 짓는데 어쩐 일이신지 어머니는 무린의 이름만큼은 꼭 자신이 짓겠다고 우기셨다 들었다.

그래서 아버지는 타협했고, 둘째 무혜와 셋째 무월은 아버지가 지으셨다 들었다. 이건 무린이 전쟁터에 팔려가기 전 어머니에게 직접 들은 것이니 분명 사실이리라.

무린은 어쩌면 북방에서 살아남은 게 이런 이름 때문이 아닌가 싶었다. 물론, 이름처럼 휘젓지는 못했지만 어쨌든 몸성히 살아남지 않았는가.

그렇게 생각해도 무린에겐 이상한 일은 아니었다.

"되었다. 아버님의 일은 정말 미안하게 생각한다. 이건 진심이다."

어쩌면 무뚝뚝한 말이지만, 장백은 무린의 말에 고개를 끄덕이며 받아들였다. 생각과는 다른 그 순수한 성격.

무린은 장백이 조금씩 마음에 들었다.

"후우, 감사히 받아들이겠습니다."

어쩌면 원수나 다름없는 무린이다.

그런데도 장백은 이렇게 순순히 무린을 용서했다. 얼굴로 보아 아직 슬픔이 남아 있는 것 같은데도 무린의 사과를 받아들였다.

정상인가?

아닐 수도, 혹은 정상일 수도 있겠지만 장백은 그랬다.

무린은 장백을 더욱 다시 보게 됐다.

"그 얘기는… 시간이 나면 다시 하자."

무린이 대화를 끝내려고 하자, 이번에는 장백이 대화를 이어가기 시작했다.

"아, 어디 가시는 길입니까?"

"이웃 마을에 갈 일이 생겼다."

"아……."

무린의 말에 장백은 아, 하는 소리를 내더니 주춤주춤거렸다. 그 모습을 보고 무린은 피식 웃은 후 넌지시 얘기했다.

"왜, 같이 가고 싶으냐?"

"그래도 되겠습니까?"

“너만 괜찮다면 그래도 좋다. 하나, 집에 일은 없느냐? 만약 할 일이 있는데도 따라나서는 거라면 나는 동행을 허락할 수 없다.”

“없습니다! 오늘은 형님에게 용서를 구한다고 어머니에게 하루 시간을 얻어 왔습니다!”

“녀석, 그렇다면 좋다. 따라오거라.”

“네!”

무린의 말에 장백은 흰 웃음을 지으며 크게 대답했다. 그런 장백의 모습에 무린은 속으로 다시 헛웃음을 흘릴 수밖에 없었다.

‘아버지가 남겨주신 인연인가. 돌아온 나를 못 보고 가서 미안해서 보내는? 후후, 아니라 부정할 수는 없겠구나.’

앞서 걷는 무린은 그런 생각이 들었다.

아직은 모른다.

장백과의 인연이 정말 앞길을 같이하는 좋은 인연일지, 아니면 모든 것을 속인 거짓되고 삿된 인연일지.

만약 전자라는 확신이 생기면 가족처럼 챙기되, 후자라면 서슴없이 잘라 버리리라. 그렇게 생각하며 무린은 길을 걸었다.

하지만 골 때리는 것이 하나 있었다.

어째, 서로의 입장이 미묘하게 바뀌어 있었다는 걸 둘은 모
르고 있었다.

*　　　*　　　*

그날, 늦은 저녁이 돼서야 무린은 옆 마을에 도착할 수 있
었다. 무린이 도착한 곳은 명상(明上)이란 이름을 가진 촌으
로 무린 등이 기거하는 마을보단 훨씬 규모가 큰 마을이었다.
일단 여장을 풀 수 있는 객점이 있다는 것부터가 굉장히 차
이가 났다.
무린이 객잔에 들어서자 이미 늦은 시간이었지만 점소이
가 얼른 뛰쳐나와 무린과 장백을 반겼다.
"어서 오십시오."
물론 피곤한 모양인지 감긴 눈과 잠긴 목소리로 반겼지만
무린은 전혀 그런 걸 신경 쓰지 않았다.
남는 식탁에 앉은 무린은 점소이에게 물었다.
"간단한 요기가 가능합니까."
"네, 그럼요. 소면이나 소채볶음 정도는 얼마든지 가능합
니다요."
"그럼 그걸로 두 개 가져다주시겠습니까."
"네."

점소이가 인사를 꾸벅 하고 사라지자 무린은 앞에 앉은 장백을 쳐다봤다. 장백은 무린의 빠른 걸음을 따라오느라 피곤에 잔뜩 절은 모습이다.

무린이 출발한 무명촌에서 이곳 명상촌까지는 일반 사람들의 걸음이었다면 하루가 아닌, 다음 날 정오는 되어야 도착할 거리였다.

그걸 무린은 거의 반으로 줄였다. 북방에서 주둔지를 옮길 때 자주 하던 속보 행군 속도로 걸어온 것이다.

그런 무린의 걸음을 따라 걸었으니 장백이 피곤한 것도 이상한 일은 아니었다.

"힘이 드느냐."

"네? 아이고, 아닙니다. 오랜만에 걸어서 그런지 발이 아픈 걸 빼면 그렇게 피곤하지 않습니다."

거짓말은.

얼굴에 이미 다 씌어 있다 이놈아.

무린은 그렇게 생각했지만 더 이상 말하지 않았다.

본인이 피곤하지 않다 말하는데 더 말하는 건 괜히 장백을 곤란스럽게 만들 것 같아서였다.

"여기, 차 한 잔 드세요."

"고맙습니다."

무린은 점소이가 내온 김이 모락모락 나는 차를 들어 일단

향을 음미했다. 별다른 향은 나지 않았다.

그다음은 혀끝으로만 슬쩍 맛을 보았다.

살짝 쌉싸름한 맛이 났다.

"너도 마시거라. 따뜻한 차는 피로와 긴장을 풀어주는 효과가 있음이니."

"네, 알겠습니다."

무린의 말에 장백은 두말하지 않고 차를 들어 후루룩거리면서 마시기 시작했다. 따뜻한 차가 들어가니 추위에 살짝 질린 얼굴에 점차 홍조가 돌기 시작했다.

무린도 마찬가지였다.

'차 한 잔의 여유라. 이게 얼마 만이던가.'

전장에서 과연 차 한 잔 마시면서 쉴 수 있을까? 군을 움직이는 실질적인 수뇌들이야 당연히 가능하겠지만 무린처럼 일반 지휘관 출신은 차가 아니라, 찻잎조차 구경하기 힘든 게 정상이었다.

물론 아예 못 먹어봤던 것도 아니었다.

가끔 배정됐던 특수 병과 지휘관으로 갔을 때나 무린을 잘 보았던 부장급 지휘관을 만날 때는 간간히 얻어 마시기도 했었다.

차의 효능은 상당히 많다.

그리고 무린은 그런 효능을 잘 받는 신체라 싸구려 차인데도 몸에 바로 반응이 오는 걸 느꼈다.

물론, 무린의 심적인 마음이 반응을 이끌어 낸 게 주 이유이긴 했다.

말없이 그렇게 차를 마신지 일각이 지났을 무렵 무린이 시킨 소면과 소채볶음이 나왔다.

"고맙습니다."

"아닙니다! 그럼, 맛있게 드십시오!"

점소이에게 인사한 무린은 일단 소면을 그릇째 들어 육수부터 맛봤다. 구수한 게 맛이 제대로였다.

"음……."

그에 무린은 저도 모르게 나직한 감탄사를 내뱉었다. 사실 그다지 큰 기대는 하지 않은 무린이었다.

무명촌보다는 크다지만 이곳 명상촌도 성 같은 곳에 비하면 새 발의 피다. 그래서 음식도 큰 기대는 하지 않았던 무린이었다.

그런데 이게 웬걸.

눈이 번쩍 떠지는 맛까지는 아니지만 감탄사가 나올 맛을 본 것이다. 그것도 객잔의 가장 싸구려 음식이라 평하는 소면에서 말이다.

무린은 이번엔 면을 먹어 보았다.

'괜찮군.'

맛있었다.

확실히 맛있었다.

어쩌면 성(城)에서도 이런 맛은 쉽게 찾지 못할 게 분명했다. 진하고 고소한 육수가 면발에 잘 스며들어 조화가 상당히 좋았다.

다음은 소채볶음.

"우와! 이거 맛이 기가 막힙니다! 저희 어머니가 해주시는 것보다 더욱 맛있습니다!"

소채볶음에 대한 품평은 무린이 아닌 장백이 했다.

그는 정말로 맛있는지, 아니면 허기가 너무 져서 그랬던 건지 그도 아니라면 둘 다인 건지 아주 허겁지겁 소면과 소채볶음을 먹었다.

아니, 먹고 있다. 이런 표현보다는 흡입(吸入)하고 있다. 이런 표현이 더욱 어울릴 것 같았다.

'녀석.'

무린은 그런 장백을 보고 희미하게 웃고는 다시 젓가락을 놀렸다. 무린도 배가 고팠는지 점점 젓가락을 놀리는 속도가 빨라졌다.

점잖을 떨다 본능에 이끌려가는, 그런 모습 같았다.

이윽고 식사가 다 끝나고 무린은 만족스러운 표정으로 젓가락을 내려놓았다. 장백은 물론 이미 자신의 것을 다 먹고 무린의 식사가 끝나길 기다리고 있었다.

"여기 차 한 잔 더 드세요."

"고맙습니다. 아, 음식이 참 맛있습니다. 주방 숙수님께 잘 먹었다고 감사인사 전해주십시오."

"헤헤, 네, 그러겠습니다."

무린은 이 정도 음식을 맛보여준 숙수에게 감사 인사를 전하고 싶었다. 하지만 직접 나서기보다는 점소이에게 전달하는 것도 나쁘지 않다 생각해 대신 인사를 부탁했다. 그리고 장백이 식사를 끝낼 무렵 문 앞의 계산대에 나와 앉은 중년 여인에게 다가갔다.

"방이 있습니까."

"그럼요. 혼자 쓰실 방도, 두 분이 같이 쓰실 방도 넉넉히 있답니다."

무린의 질문에 중년 여인, 이 객잔의 주인으로 보이는 여인은 넉넉한 미소와 함께 친절히 대답을 했다.

"그럼 두 명이 쓸 방을 하나 주십시오. 하루간 머물 생각입니다."

무린이 그렇게 말하자 주인은 좀 전 식사를 포함한 값을 애기해줬고, 무린은 품 안에서 은전 조각 말고 가지고 있던 동전을 꺼내 계산을 치렀다.

방으로 올라온 무린은 다시 한 번 고개를 끄덕였다.

깔끔하게 정돈된 객실이 마음에 든 것이다.

"먼저 쉬거라."

무린이 장백에게 먼저 쉬라 말하자 장백도 무린을 바라보며 말했다.

"어디… 가실 생각입니까?"

"잠시 몸 좀 풀고 오마."

그 물음에 무린은 대답과 함께 창을 슬쩍 들자, 장백은 곧 알았다며 고개를 끄덕이고는 한쪽의 침대에 앉았다.

밖으로 나온 무린은 청소를 하고 있는 점소이에게 물었다.

"혹, 주변에 공터가 있습니까. 사람의 이목이 좀 덜한 곳을 찾고 있습니다."

"그런 곳이라면 굳이 찾으실 필요가 없어요. 저희 객잔 뒤편에 손님이 찾는 곳이 바로 있거든요. 헤헤."

"고맙습니다."

"저쪽 문으로 나가시면 되요."

"네, 그럼……."

무린은 살짝 고개 숙여 감사의 인사를 표한 후 점소이가 말한 문으로 나갔다. 그러자 점소이의 말처럼 담이 쳐져 있고, 한쪽엔 측간이, 중앙에는 우물이 있는 공터가 나왔다.

공터는 늦은 밤이지만 객잔의 불빛과 더불어 구름 한 점 없이 맑은 밤하늘에 뜬 달빛에 수련하기 안성맞춤인 밝기를 유지하고 있었다.

"후우……."

공터 한쪽에 선 무린은 잠시 창을 내려놓고 몸을 풀기 시작했다. 늦은 저녁을 한 지 얼마 안 되어 과격한 수련보다는 일단 소화를 시키는 게 먼저라 생각해서 천천히 몸을 풀고 시작할 요량이었다.

약 이각에 걸쳐 몸을 푼 무린은 바닥에 내려 둔 창을 잡았다.

"후우, 후우, 후우……."

그리고 자세를 잡은 무린의 신형이 곧 움직이기 시작했다.

쿵!

쉭!

허식없는 찌르기.

상대의 중단을 노리며 빛살처럼 들어간 이 찌르기는 곧 무린이 전장에서 십오 년을 살아남을 수 있게 만들어 준 가장 큰 무기다.

그래서 무린은 하루도 이 찌르기를 빼먹지 않았다.

그날 전투를 치루지 않는다면 말이다.

쉭!

쉬익!

진각과 함께 찔렀다 회수하고, 다시 진각과 함께 재차 찌르기.

일견 이 지루해 보이는 동작은 객잔의 불빛과 달빛에 어우러져 굉장히 절도있고, 묘한 신비감을 형성했다.

쿵!

쿵……!

쿠웅……!

진각 소리도 점차 강해졌다.

신체가 적응을 하며, '더 빠르게. 더 강하게!' 를 외치는 무린의 마음속 갈망에 답하고 있었기 때문이다.

"후우, 후우."

약, 삼백 번의 찌르기를 끝낸 무린은 이내 멈추고 숨을 골랐다.

반각 동안 숨을 고른 무린은 다시 움직였다.

이번엔 찌르기, 휘두르기, 막기를 연환해서 수련하는 방법이었다. 무린이 이걸 수련하는 방법은 간단했다.

언제나 일대일보단 일 대 다가 정석인 전장을 거쳐 온 무린. 그래서 항상 필사적으로 주변을 살피는 게 일이었는데, 나중에 그게 도움이 되었다.

한마디로 이건, 전장에서 살아남기 위한 몸부림이라고 보는 게 타당했다.

쉭!

쿠궁!

휘리릭!

찌르고, 진각과 함께 창을 가로로 세워 돌격을 막고, 창을 풍차처럼 돌리다가 사납게 휘두르고.

이 간단한 동작들은 사실 연환시키기 쉽지 않다.

그것도 똑같은 연환이 아니라, 순서를 변형하고, 위치를 바꾸며 동작을 항상 변화시켜 연환시키는 건 더욱 쉽지 않다.

그러면서도 결코 허식이 없고, 실전 주의적 움직임만 보여주고 있었다.

하지만 무린은 그걸 아주 능숙하게 해나가고 있었다.

그 어려운 걸 말이다.

이걸 보면 무린이 전장에서 살아남은 게 결코 운이 아니라는 걸 알 수 있었다. 이 연환식(連環式) 수련은 거의 이각이 넘도록 이어졌다.

"하아, 하아, 하아……."

거칠어진 숨을 다듬는 무린의 얼굴은 물론 온몸에서 땀이 비 오듯 쏟아졌다. 흑색 무명복은 이미 땀에 절어 무린의 온몸에 착 달라붙어 있었다. 그걸 보면 무린이 얼마나 수련에 힘썼는지 잘 알 수 있었다.

"후우, 후우, 후우……."

점차 무린의 거친 호흡이 잦아들며, 안정적인 상태로 돌아오기 시작했다.

그때였다.

짝짝짝.

"음?"

갑자기 울리는 박수 소리에 무린은 고개를 돌려 소리의 근원지를 바라봤다. 그리 밝은 상황이 아니지만 대충 누구인지는 파악했다.

일남일녀.

아니, 정확히 설명하면 한 명의 노인과 한 명의 소녀라고 말하는 게 옳을 것이다.

일노일소의 등장.

그 등장은 무린을 긴장하게 했다.

'아무리 수련중이라지만, 기척도 없이?'

전장에서 갈고 닦은 기감은 무린의 주특기이자, 주 무기 중에 하나다. 그런데 무린이 눈치채지도 못하게 등 뒤를 잡았다.

무린이 언제나 집단전만 참여한 건 아니었다.

척후전도 수없이 겪었다.

만약 지금 이 상황이 척후전이었으면? 무린은 쥐도 새도 모르게 목을 베였을 것이라 생각했다.

경각심이 곧바로 무린의 심신을 장악했다.

"누구십니까."

날이 사르르 오른 목소리.

그런 목소리에 노인은 현재 무린의 상태를 짐작했는지, 손사래를 치며 대답했다.

"허허, 미안하네. 훔쳐볼 생각은 아니었으나 자네가 너무 무아경에 빠져 빼어난 무예를 보여주는 바람에 그만 구경하고 말았네. 정말 미안하네."

"……"

무아경?

그런 건 모른다.

단지, 무린은 저 늙은이와 조용하지만 초롱초롱한 눈으로 자신을 바라보고 있는 궁장소녀의 정체가 궁금할 뿐이었다.

"누구시냐 물었습니다."

창이 올라갔다.

그런 말에 무린의 경각심이 사라질 리 만무했다. 아니, 오히려 더 커지지 않으면 다행이었다.

"그리 경계하지 마시게. 지나가는 일행일 뿐이네."

"……"

무린의 눈이 좁아졌다. 그리고 노인의 말을 곱씹으며 생각에 들어갔고, 동시에 눈으로는 노인과 궁장소녀를 살폈다.

하얀 장포를 걸친 노인은 평범한 체형이었다. 이렇다 할 큰 특징은 없었다. 그저 노인, 그 이상 이하도 아니었다.

소녀도 마찬가지였다.

불빛을 받아 은은하게 비춰지는 궁장은 비취색, 그리고 그 위에 하얀 털로 만들어진 목도리를 걸치고 있었다.

하지만 그뿐.

소녀도 특별한 건 없었다.

하나 무린은 그래도 경각심을 놓지 않았다. 다만, 앞으로 겨눴던 창만 내려 바닥에 찍고는 살짝 고개를 숙였다.

상대가 저렇게 나오는데, 더 이상 창을 겨누고 있는 것은 확실히 실례라고 생각했기 때문이다.

그러나 눈빛은 죽지 않았다.

이걸 보면 무린은 아직 전장의 물이 빠지지 않은 상태였다.

"허허, 그래도 경계를 풀지 않는구먼. 이 보잘것없는 늙은 이와 이 어린아이가 그리도 무섭나? 허허허."

노인은 무린의 눈에서 아직 풀리지 않은 경계심을 읽었는지 웃으며 그리 말했다. 그에 무린의 대답은,

'기척을 속여 놓고 보잘것없는 늙은이?'

"죄송합니다."

속과 다른 대답을 내놓는 무린이었다.

"괜찮으이. 이해할 만해. 아, 본인의 소개를 안 했구먼. 이

늙은이는 태산 아래에서 온 제갈문인이라는 늙은이일세. 그리고 이 아인 내 손녀인 제갈려일세."

제갈(諸葛).

아는 사람은 다 아는 일족(一族).

중원천지, 만백성이 다 아는 성씨가 바로 태산 아래 제갈성씨이다. 구구절절한 설명 따위 결코 필요없는, 그런 성씨이다.

무린도 안다.

북방의 전쟁터를 전전했지만 아예 중원에 귀를 닫고 살았던 건 아니었다. 아니, 오히려 더욱 귀를 열고 주위 담았다.

가족의 생사를 확인하려고 한 게 아닌, 혹여 중원으로 돌아가더라도 그 세상 돌아가는 건 기본적으로 알아둬야겠다고 생각했기 때문이다.

특히 산동지방에서 일어나는 일들은 더욱 자세히 담아 들었다.

아니, 산동성에 대한 정보는 결코 빼먹지 않고 오히려 찾아들었다. 그래서 무린도 잘 알고 있었다.

태산 아래 제갈세가(諸葛世家).

그 위명을 말이다.

군부에 힘을 합쳐 산동 반도에 가끔 나타나는 해적 퇴치에도 큰 도움이 되어주고 있었다. 아니, 그냥 산동성 자체를 군부와 같이 지키고 있었다.

즉, 성(城) 자체의 수호자인 셈이다.

그래서 제갈세가는 산동성에 사는 모든 백성들에게 존경받고 있었다. 만약 보통 일반인이었다면 아이고! 하면서 넙죽 엎드렸을지도 몰랐다.

하지만 무린은 아니다.

"진무린입니다."

그저 담담하게 자기소개를 했다.

그러나 그런 무린도 변한 게 있었으니 바로 대놓고 보이던 경계심은 물론, 목소리도 많이 풀려 있었다.

무린 자신도 눈치채지 못한 반응이었고, 그만큼 제갈세가가 존경받고 있다는 걸 보여주는 단적인 예였다.

"진무린이라……. 이름 하나 멋지구먼. 허허, 무슨 진자를 쓰나? 참 진 자인가?"

"아닙니다. 진격할 진 자입니다."

"진격할 진이라……. 그럼 이름은?"

"무예 무 자에, 짓밟을 린 자입니다."

"허, 허허. 그거 참 멋있지만 흉흉하구나. 허허허."

"……."

오늘만 두 번째 자기소개를 했고, 비슷한 대답을 들은 무린이지만 그저 별다른 감흥이 느껴지진 않았다.

이름에 대한 큰 의미를 스스로 느끼지 못하고 있었다. 그저, 왜 이런 이름인지는 궁금할 따름이지만 그걸 알려줄 어머니는 이미 행방은 물론 생사도 불분명하기 때문에 알 길이 없었다.

"나는 글월 문(文) 자에 어질 인(仁) 자를 쓴다네. 이 아이는 고울 려(麗) 자를 쓰고."

"어질고, 고운 이름입니다."

"허? 허허! 허허허!"

무린의 대답에 제갈문인은 웃었다.

무린이 이름에 빗대어 한 칭찬이 예상 밖이었고, 재미있었기 때문이다. 사실 제갈문인은 무린이 그다지 똑똑하지 않을 것이라 생각했다.

보여준 무예는 출중하고, 말투도 격식이 있지만 그저 그뿐일 것이라 생각했다. 하나 아닌 것 같다고 다시 생각을 수정하는 문인이었다.

듣기 좋은 목소리도 그렇고, 말하는 어투로 보아 필시 학문을 익힌 사람 같았다.

저런 과격한 무술을 수련하는 무린이 학문까지 쌓았다는 걸 알아차리자 곧 마음이 기꺼워졌다.

학문이란, 배우고 배워도 결코 나쁘지 않은 것.

한 사람의 문사로서 무린의 존재가 기꺼워진 문인이었다.

　문인은 무린과 좀 더 대화를 나누고 싶었다. 하지만 마땅히 떠오르는 주제가 없어 잠시 고민하다, 현 상황을 만들어준 무린의 수련이 떠올라 바로 입을 열었다.

　"내 학문에 힘 쏟는 자이네만, 무예도 결코 허투루 공부하지 않았지. 물론 소질이 없는지 실력은 그저 그렇다네. 하지만 자네의 수련을 보자니 굉장히 실용적인 면이 강하던데… 군부의 무예인가?"

　역시.

　제갈세가는 문(文)으로 더 유명하긴 하지만 무(武)도 결코 무시할 수 없는 곳이다. 무에 관하여 소질이 없다더니 보는 것만으로도 그 특성을 잡아낸다.

　어지간한 안목이 아니라면 힘든 일이다.

　'거짓말은 아니겠지. 제갈가라면…….'

　무린은 그래서 결코 농으로 받아들이지 않았다. 더욱이 자신의 수련을 보고, 군부라는 점까지 파악했다.

　무린의 창술은 군부에서 배운 건 아니지만 터가 군부였으니 크게 어긋나는 건 아니었다. 거기다가 군부에서 양성한 무사들도 자신과 비슷한 굉장히 실용적인 검, 창술을 배웠다는 걸 알기에 역시 제갈가구나 한 무린이다.

　"맞습니다."

　"북방에 있었나?"

“네.”

“허어……. 힘든 세월을 겪어 온 젊은이구만. 내 오늘 자네를 처음 만나네만 자네의 무사 생환을 진심으로 축하하네.”

진심이 담긴 목소리다.

표정, 말투.

그 두 가지를 구별 잘하는 무린에게는 분명 진심으로 들렸다.

“감…….”

그에 감사인사로 대답하려고 했는데, 그걸 끊는 존재가 있었다.

“소녀 려도 무린 공자님의 무사 생환을 진심으로 축하드려요.”

문인의 손녀라던, 려였다.

맑고, 깨끗하다.

살짝 떨림이 느껴지기는 하나, 그건 초면인 상대에게 인사를 건네는 상황 때문이라 생각한 무린.

‘월이와 비슷하구나.’

전체적인 느낌과 목소리의 울림.

그건 혜보다는 월과 비슷했다.

혜는 차분하다.

일견 느끼면 차갑다 생각할지도 모를 정도로 혜는 차분했

다. 그건 혜의 천성과 어머니의 교육이 만나 이루어진 결과였
다.

반대로 월은 혜보다는 덜하다.

비슷하긴 하나, 월은 좀 더 자유분방인 성격이 강했다. 하
지만 그걸 엄한 어머니의 교육 탓에 자제하고 살아가고 있다
는 느낌이 강했다.

더욱이 그래서 마음먹으면 행동도 빨랐다.

어제 무린의 말에, 바로 격식의 거리를 줄인 말을 해주는
것만 봐도 알 수 있었다.

"두 분의 축하, 감사히 받겠습니다."

무린은 손을 모으고, 허리를 숙여 인사를 했다.

축하를 받았다고 고개를 끄덕여 수긍만 하면 그거 멍청한
짓이다. 축하를 받았다면 응당 그에 인사를 해야 하는 것.

무린은 그렇게 배웠다.

"허허, 아니네. 당연한 축하를 하는데 감사를 받을 일이 어
디 있나. 아, 시간이 늦었구먼. 허허허! 자네랑 대화하느라 시
간 가는 줄 몰랐네. 우리 손녀딸이 이제 피곤하겠어. 아쉽지
만 대화는 내일로 미룸세."

"네, 내일 뵙겠습니다."

"그러세. 허허."

문인은 그렇게 말하고 돌아섰고, 려도 무린에게 살짝 고개

를 숙여 인사한 후 다시 객잔 안으로 돌아섰다.

무린은 들어가는 둘을 잠시 바라보다 좀 기다린 다음 객실로 향했다.

객실로 들어오자 이미 장백은 곯아 떨어져 있었다. 그런 장백에게 피해를 주지 않기 위해 소리를 죽여 가지고 온 짐 속에서 지금 입고 있는 의복과 비슷한 걸 한 벌 꺼낸 무린은 공터로 다시 나갔다.

흘린 땀이 만만치 않아 가볍게 씻고 잘 생각인 것이다.

깨끗이 몸을 씻고 옷을 갈아입은 무린은 그제야 침상에 누웠다. 침상에 눕자 오늘 있었던 일이 새록새록 떠오르는 무린.

첫 만남이 안 좋았던 장백을 만나고, 밤엔 다시 산동서의 수호자라는 제갈가의 사람들을 만났다.

'살아 돌아오니 이리 인연이 늘어나는구나.'

장백은 몰라도, 제갈가의 인연은 실보다 가는 인연일 수도 있겠지만 무린은 상관없었다. 얼굴을 맞대고 통성명을 나눴다는 게 중요한 거라 무린은 생각했다.

이름자를 나눴으니, 다음에 다시 만나면 분명 좀 더 좋은 관계로 발전할 수 있으리라. 그래서 무린은 웃었다.

살아 돌아온 보람.

두 동생과 해후한 것과 달리 다른 것으로도 느끼고 있었다.

그런 보람을 느끼며 무린은 곧 잠에 빠져들었다.

*　　　*　　　*

오늘은 좀 늦게 진시 초에 일어난 무린은 장백과 식사를 하고 객잔을 나섰다. 제갈문인이 오늘 보자고 했지만 오늘 무린은 해야 할 일이 많았다.

'인연이 닿는다면 또 어딘 가서 보겠지.'

객잔을 나서면서 무린이 한 생각이었다.

밖으로 나선 무린이 가장 먼저 찾은 곳은 시전이었다. 각종 상점이 밀집한 이곳이 무린이 명상촌까지 온 이유였다.

아직 이른 아침이라 그런지 모든 상점이 문을 열지는 않았지만 무린은 느긋하게 구경하며 기다렸다.

이 또한 정말 오랜만에 해보는 행동이었다.

전장에 이런 가게가 있겠나?

있다 한들 마음 편히 구경할 수 있을까?

운이 나빴던 건지 무린은 언제나 야전부대에 배치됐었다. 각 성이나 주요 전략지의 부대에 편입된 적은 거의 손에 꼽았다.

딱 일 년 정도만 전략지 방어부대에 속했었고, 나머지 십사 년은 전부 야전부대에 소속됐었다.

그렇기 때문에 이런 거리를 걸었던 적은 정말 손에 꼽았다.

오면서 정보를 사느라 각 성이나 큰 마을에 들르긴 했지만 그땐 마음이 딴 데 가 있었기 때문에 제대로 여유를 가지고 구경할 수 없었다.

오히려 구경은커녕 정보만 사면 쫓기듯이 그곳을 떠나기 바빴다.

시간이 좀 지나자 점차 문을 여는 상점도 많아졌다.

무린은 가장 먼저 문을 연 포목점을 찾았다.

기본 적으로 옷감을 팔지만 다 완성된 옷을 팔기도 하는 포목점에 들른 무린은 바로 휘장을 열고 안으로 들어갔다.

"어서 오십시오!"

안으로 들어가자 넉넉한 풍채에 염소수염을 기른 주인이 무린과 장백을 맞았다. 안으로 들어선 무린은 주인의 인사에 고개를 까닥여 마주 인사를 하고 상점 안을 빠르게 훑었다.

"질 좋은 무명부터 비단까지! 없는 게 없는 명상 포목점에 오신 것을 환영합니다! 헤헤, 손님 무엇을 찾으시는지요?"

손을 싹싹 비비며 아는 주인의 말에 무린은 다시 주인을 바라봤다.

"겨울을 날 옷을 찾고 있습니다."

"아하! 헤헤, 이곳 산동 반도 북부 지역의 겨울은 춥지요! 이건 어떠십니까. 이게 제남에서 넘어온 건데, 이 옷 한 벌이면 웬만한 추위는 느껴지지도 않습니다요. 헤헤!"

무린의 말에 주인은 바로 옷 한 벌을 들어 추천했다.

하지만 그 옷은 무린에게나 맞을 옷이었다.

아차 싶은 무린은 다시 입을 열었다.

"제가 입을 게 아닌, 제 여동생들이 입을 옷이 필요합니다. 치수는 여성들의 평균 치수면 됩니다."

"아, 그러시군요. 헤헤! 죄송합니다. 이놈이 눈치가 없어서……. 자, 이건 어떠십니까? 마찬가지로 제남에서 들여온 옷인데 요즘 제남의 여성들 사이에선 인기가 제법 좋은 옷입니다."

인기 만점인지 아닌지는 무린은 모른다. 하지만 전체적으로 옷을 모르는 무린이 봤을 때도 괜찮아 보였다.

"음……."

무린은 주인이 든 옷을 살짝 만져봤다.

부드러우면서 두툼한 게, 주인의 말처럼 확실히 겨울을 나기엔 적합한 옷이었다. 색상도 마음에 든 무린은 가격을 물었다.

적당한 가격.

무린은 색상만 달리해서 총 네 벌을 샀다.

그러면서 무린의 수중에 있던 은전 조각이 전부 거덜 났다. 이제 점심 먹을 동전을 제하면 거의 빈털터리인 무린이었다.

옷을 잘 챙겨 밖으로 나가려던 찰나, 무린의 눈에 거무스름한 뭔가가 눈에 뛰었다. 무린은 바로 물었다.

"저건 뭡니까?"

"아! 손님의 안목이 높으시군요! 헤헤, 저건 여우 꼬리로 만든 목도리입니다. 제가 우연히 여우 꼬리를 얻어 직접 만든 목도리지요. 아시다시피 있는 집안 소저들이 가장 애용하는 물품이기도 합니다. 한번 보여드릴까요?"

"……"

무린은 대답 대신 고개를 끄덕였다.

그러자 주인장이 긴 막대로 목도리를 빼 무린에게 보여줬다.

꼬리 끝부분만 하얀색이고, 위로 올라갈수록 회색의 털로 이루어진 여우 목도리는 무린의 눈을 단숨에 사로잡았다.

살짝 손으로 만져 그 부드러움과 따스함을 느끼던 무린은 곧 이걸 차고 있는 무혜와 무월을 상상해 봤다.

'잘 어울리겠어.'

무린이 아버지를 닮아 남자답고, 선이 굵은 미남이라면, 무혜나 무월은 어머니를 닮아 수려한 미모를 자랑했다.

더욱이 지금까지 잘 못 먹었음에도 둘의 몸매도 결코 나쁘지 않았다.

둘이 여우 목도리를 하고 있는 모습을 상상하자 무린은 절로 기분이 좋았다.

하나, 그 모습을 현실에서 보기 위해선 해결해야 하는 중대한 과제가 있었다.

바로 여우 목도리의 가격.

무린은 품에 지니고 있던 손톱만 한 은자 조각 네 개를 좀 전에 옷을 사면서 전부 지불한 상태였다.

즉, 돈이 없었다.

이건 큰 문제였다.

'후우, 아쉽구나……'

절로 한숨이 나왔다.

전쟁터에서는 사실 그렇게 돈이 필요한 일이 없었다. 그리고 무린은 죄 지은 사람 대신 팔려갔기 때문에 녹봉도 지불되지 않았다.

무린이 가지고 있던 돈 전부는 전리품을 따로 몰래몰래 챙긴 돈이었다. 삶에 미련이 생긴 그다음 살아나가게 되면 정보를 사서 가족을 찾을 계획이었기 때문에 거의 수년간 차곡차곡 모은 돈이었다.

그게 적지 않은 돈이었는데도 벌써 다 사용한 무린이다.

'팔아야 하나.'

무린은 고민했다.

품 안에 지니고 있는 물건 중, 무린은 돈이 되는 물건을 알고 있었다.

불사패.

바로 전역을 하며 받은 패가 바로 그것이다.

원래는 다른 이름으로 불렸지만 이 증명패는 돈 많은 부자들이 애용하기 시작하면서 불사패로 불리기 시작했다.

거기에는 무린이 최초 갔을 당시의 해, 월일, 전역했던 날의 해, 월일, 이름, 지위 등이 적혀 있었다.

또한 군부의 직인이 대문짝만 하게 찍혀 있었다.

단단하기로 소문난 나무를 사각으로 잘라 옻을 입힌 다음 그렇게 적어 주는 불사패는 그 자체로 부자들에게는 부적이 된다.

일종의 호신부(護身符)가 되는 것이다.

그 흉흉한 전쟁터에서 오랫동안 살아남았다는 건 실력도 중요하지만 사실 그만큼의 운도 따라야 하기 때문이다.

생각해 보라.

창칼이 난무하고, 화살이 하늘을 뒤덮고, 나중에는 피아(彼我)의 구분조차 사라지는 곳에서 끝끝내 살아 돌아온 자의 신분증이다.

당연히 가치가 있을 수밖에 없었다.

더욱이, 무린이 가지고 있는 건 십 년 이상의 불사패다. 그렇다면 얘기가 달라진다.

일이 년도 아니고, 사오 년도 아니다.

무려 십오 년이다.

불사패는 그 안에 적힌 기간이 길면 길수록 더욱 높은 가치를 생산했다. 무린은 그걸 잘 알고 있었다.

거기다가 그게 끝이 아니었다.

귀한 불사패는 그 자체로 면죄부의 가치를 지녔다. 북방에서 오랫동안 나라를 위해 힘썼으니 쥐어 주는 하나의 특권이었다.

물론 중범죄는 안 되지만 경범죄는 얼마든지 면죄가 가능한 게, 무린이 소지한 십 년 이상의 불사패였다.

그래서 더욱 가치가 높았다.

'장팔이가 그랬지. 십 년 된 불사패가 은전 백 개 이상의 가치를 지녔다고.'

은전 백 개.

일반 백성은 꿈도 못 꿀 액수다.

은전 하나도 안 되는 돈으로 겨울을 날 옷, 네 벌을 샀다.

은전 하나면 웬만한 가족이 달 이상을 먹을 식량을 구할 수 있다.

은전 하나는 최소 동전 천 개 이상의 가치를 지녔다.

눈이 번쩍 떠지는 액수인 것이다.

'팔자.'

무린은 마음을 정했다.

"가격은 얼마나 합니까."

무린은 가격을 물었다.

"헤헤, 이건 가격이 좀 셉니다요. 개당 은전 세 개씩은 받아야……."

비싸다.

"며칠 말미를 주십시오. 곧 돌아와 제가 사겠습니다."

"헤헤, 그럼 다시 오실 때까지 물건을 팔지 않겠습니다. 그러나 너무 늦어질 시 만약 사겠다는 손님이 계시면 팔도록 하겠습니다. 그 정도면 충분하시지요?"

"네, 감사합니다."

무린은 곧 주인장에게 살짝 고개 숙여 인사를 하고는 밖으로 나왔다. 밖으로 나온 무린은 곧 어제 묵었던 객잔으로 향했다.

어제 앉았던 곳에 다시 자리를 잡은 무린은 장백을 보며 입을 열었다.

"장백아."

"네, 형님."

"돌아갈 때는 너 혼자 가야겠다."

"네? 그게 무슨 말씀이신지……? 형님은 안 가십니까?"

"어디 들러야 할 곳이 생겼다."

“아…….”

장백은 무린의 말에 낮은 감탄사를 흘렸다. 그 이유를 깨달은 것이다. 장백은 보았다, 무린이 여우 목도리에서 한동안 눈을 떼지 못한 것을.

눈치가 나쁘지 않은 장백은 무린이 들러야 할 곳이라는 게 여우 목도리와 연관이 있는 곳이라 생각했다.

그리고 그건 정답이었다.

“그리고 너에게 부탁이 있다.”

“부탁이요? 말씀만 하십시오!”

“이걸 내 동생들에게 전해줬으면 한다.”

무린은 옷이 담긴 보자기를 장백에게 건넸다. 그러자 그걸 조심스럽게 받아드는 장백. 장백은 보자기를 잠시 보더니, 곧 무린을 다시 보고는 고개를 끄덕이며 말했다.

“알겠습니다! 혜 소저와 월 소저에게 꼭 전해 드리겠습니다!”

“고맙구나.”

사실, 장백을 데려가도 되지만 그러지 않는 건 이유가 있었다.

불사패를 팔려면 좀 더 규모가 있는 마을로 가야 했다. 왜 그래야 하는가 하면 불사패를 취급하는 곳이 흔히 우리가 아는 암상인(暗商人)이라고 부르는 자들과 그들이 운영하는 흑점(黑店)에서만 취급하기 때문이다.

불사패는 군부, 그러니까 황실의 물건이라고 보면 된다. 그런 것을 사사로이 대놓고 사고팔다 걸리면 바로 끌려간다.

그래서 불사패를 취급하는 곳은 암상인이나 흑점에서만 사고팔 수 있었다. 무린은 그걸 불사패가 비싸다고 알려준 장팔에게서 들어 잘 알고 있었다.

'여기서 제일 가까운 곳이 제남. 그 먼 길에 장백이를 데려갈 수는 없다. 그도 집안의 가장이니 해야 할 일이 있을 터.'

그렇다.

장백도 어엿한 가장이다.

가서 해야 할 일이 분명히 있을 것이다.

"대신 내 돌아갈 때 장백이 네 선물도 들고 가마."

"하하, 아닙니다! 제 잘못을 용서해 주신 것만 해도 감사한데 선물까지 받는다니요. 아닌 말씀입니다."

"아니다. 어려운 부탁을 들어주는데 그 정도 선물이야, 장백이 네 가족이 몇이나 되느냐."

"아, 정말 괜찮습니다. 형님."

"어서 말해 보거라."

"그, 그게……."

장백은 거절했지만, 무린은 그 거절을 받아들이지 않았다. 사실 하루 동안이지만 무린은 장백이 꽤나 마음에 들었기 때문이다.

무린이 철회할 생각이 없다는 눈으로 장백을 계속 바라보자 장백은 결국 한숨을 쉬며 입을 열었다.

"후우… 여동생 하나에 저, 그리고 어머님까지 셋입니다."

"그래, 알았다."

셋이라.

불사패를 판다면 결코 부담되는 수는 아니었다.

무린은 수중에 남은 돈 전부를 써 소면을 하나씩 말아먹고, 장백이 먹을 음식을 싸서 보냈다.

"그럼 저는 출발하겠습니다."

"그래, 몸 조심해라. 위험한 일이 있으면 부딪치기보다는 피하는 게 상책이다. 잊지 말고 명심해라."

"네! 그럼… 형님도 조심하십시오!"

"오냐."

장백은 그렇게 인사를 하고 객잔을 떠났다. 장백이 떠나자 무린은 그 뒷모습을 바라보다, 점소이가 내온 차를 마시면서 상념에 잠겼다.

'일단 하구로 방향을 잡는 게 좋겠구나. 그다음 리진, 빈주를 통해 관도를 타고 제남으로 향하자.'

무린은 제남에 들른 적이 있었다.

당연히 가족에 대한 정보를 사기 위해서였다. 갈 길을 정한 무린은 남은 차를 털어 마시고 일어났다.

산동의 도성.

제남(濟南).

무린이 향할 곳이었다.

선물을 사기 위해 떠난 여정은 생각보다 길어지고 있었다.

第四章
제 남행(濟南行)

귀환병사

귀환병사

　며칠이 지난 후, 무린은 빈주를 지나 관도를 걷고 있었다. 그런 무린의 꼴은 정말 말이 아니었다.

　거지.

　거지도 이런 상거지가 따로 없었다. 하지만 이건 지극히 당연한 일이었다. 며칠이 지났다고 했다.

　무린은 그 시간 동안 몸은 씻었지만, 옷가지는 한 번도 빨지 못했다. 물론 그것도 당연한 일이었다.

　여름이라면 빨아놓고 한 시진이면 아주 빳빳하게 마르겠지만 지금은 마르기는커녕 오히려 얼어붙지 않으면 다행일 것이다.

거기다가 가끔씩 만나는 마차는 엄청난 먼지 폭풍을 동반한 다음 지나쳤고, 그때마다 무린은 점점 더 더러워져 갔다.

그래서 무린의 꼴이 이 모양 이 꼴이었다.

하지만 무린은 결코 지금 상황을 나쁘게 생각하지 않았다. 동생들의 선물을 사러 가는 길이다.

그것도 태어나서 처음.

그거면 충분하지 않은가.

"후우……."

관도를 걷던 무린은 곧 넓적한 바위가 보이자 그곳에 걸터앉고 한숨을 쉬었다. 조금 무리해서 걸은 모양인지 발바닥이 욱신욱신 아팠다.

사실 무린이 걸어온 거리를 생각하면 조금 무리라는 말로는 설명이 안 됐다. 체력에는 자신이 있는 무린은 정말 남들의 두 배는 되는 거리를 걸어왔다.

속보 행군.

전쟁터에서 질리게 했던 그 걸음 그대로 걸어온 것이다. 물론 그 이유는 하루빨리 제남에 도착하고 싶은 마음이 강했기 때문이다.

꾹꾹.

신발을 벗고 발바닥을 주무르는 무린.

그 행동에 은은한 아픔을 넘어 아릿한 통증을 선사하고 있었지만 그럼에도 무린의 얼굴엔 미소가 걸려 있었다.

'아파도 좋구나. 이런 기분……. 대체 얼마만인가.'

기억나나?

아니.

무린은 자신에게 되묻고, 고개를 저었다.

전장에서의 행군은 도망치거나, 진격하거나, 주둔지를 옮기거나, 이 셋 중 하나다.

전장에서 발이 부르트도록 걷는 이유가 저 셋 중 하나에 걸릴 확률이 엄청나게 높다는 소리다.

'걷자, 아파도 걷자.'

무린은 세뇌가 아닌, 진심으로 좋아 길을 재촉하고 있었다.

일각을 쉰 무린은 다시 신을 신고 일어났다. 그리고 내려놓았던 창을 집고 다시 걸음을 옮기기 시작했다.

해가 하늘 중턱에 걸렸다가, 뉘엿뉘엿 서쪽으로 질 때쯤이 되어도 무린은 걸음을 멈추지 않았다.

그러다 갑자기,

툭!

"음……."

무린은 튀어나온 돌부리를 미처 발견치 못하고 걷는 걸음 그대로 걸어차고 말았다. 새끼발가락 쪽에 정확히 맞았는지 무린은 절로 신음을 내뱉었다.

고된 상황을 겪으면서도 웬만하면 입조차 열지 않는 무린 인데도 요번 건 그만큼 아팠다. 그럼으로써 깨달아지는 것,

'지쳤구나. 오늘은 슬슬 여정을 마무리하자.'

해가 아직 완전히 지지도 않았는데 이런 일이 벌어졌다는 건 그만큼 지쳤다고 무린은 스스로 생각했다.

무리해서 빨리 가는 것도 좋지만, 제대로 피로를 풀지 못하면 다음 날 여정이 더욱 문제가 된다.

이걸 무린은 정말 잘 알고 있었다.

전장에서 무리한 행군 덕에, 다음 날 풀리지 않은 피로로 고생한 적이 한두 번이 아니었기 때문이다.

그런 와중에 전투까지 벌어지면 정말 상황은 말도 안 되게 최악으로 치닫는다.

그런 마음을 먹고 걸음을 멈췄을, 그때였다.

두드드드드!

무린은 등 뒤에서 들려오는 지축이 울리는 소리에 몸을 돌렸다. 돌린 시선의 끝에 저 멀리서 마차 한 대가 달려오고 있었다.

마차는 말 한 마리가 끄는 작은 마차였지만 말이 힘이 좋은 놈인지 빠른 속도로 달려오고 있었다.

기세 등등.

그런 느낌을 받은 무린은 관도 옆으로 비켜섰다. 소매로 입을 가리고서 말이다. 마차는 빠른 속도로 가까워졌고, 무린이 있는 곳을 지날 때쯤.

'아, 돌부…….'

두드드드! 덜컹!

마차의 한쪽 바퀴가 부웅 들렸다.

그리고 착지했다.

꽈지직!

마차 바퀴 부러지는 소리와 함께,

"으악!"

"꺄악!"

"어이쿠!"

삼인삼색의 비명도 동반하고.

"……."

무린은 아무런 말도 못하고 그저 지켜봤다. 그러는 동안 마부는 워워! 소리와 함께 흔들리는 마차를 급히 세웠다.

마부가 뛰어난 건지, 아니면 말이 말을 잘 듣는 건지 모르겠지만 흔들리던 마차는 금방 관도에 멈춰 섰다.

"워워……. 어이쿠! 나으리!"

마부는 바로 마부석에서 뛰어내려 마차 문 앞에 섰다. 그리고 발을 동동 구르다 안에 대고 소리쳤다.

"나리! 괜찮으십니까? 나리!"

걱정 가득한 마부의 말에 마차 안에서 나직한 목소리가 흘러나왔다.

"허허, 나는 괜찮네."

끼익.

그리고 동시에 마차의 문이 열리고 노인 한 명과 아직 앳된 끼가 가득한 소녀도 같이 내렸다.

둘이 내리자 마부가 허리를 마구 굽신거렸다.

"죄송합니다! 이놈이 튀어나온 돌을 못 봐서……. 죄송합니다! 정말 죄송합니다!"

연거푸 사과하는 마부의 행동에 노인은 그저 허허 웃었다. 그러다 마부의 어깨를 토닥거리며 말했다.

"괜찮네. 살면서 이런 일이야 빈번하게 일어나는 것을 뭘 그리 사과를 하고 그러나. 나도 괜찮고, 내 손녀딸도 괜찮으니 그리 사과할 필요 없네."

"그렇지만……."

"허허, 괜찮다는데도."

마부는 노인이 괜찮다고 했는데도 어쩔 줄 몰라 했다. 돌부리를 미처 못 봤고, 마차가 한 번 튕겼다고 바퀴가 부러진 것도 마부의 잘못이었다.

출발 전 제대로 마차를 보수하지 않았다는 소리이기 때문이다. 그럼에도 저리 시원하게 받아주는 노인의 마음씀씀이가 정말 훌륭했다.

하나 무린은 당연하다 생각했다.

'역시……'

노인과 손녀딸.

익히 아는 얼굴이었다.

이번에는 해가 지지 않아 더욱 얼굴을 자세히 알아볼 수 있었다.

명상촌에서 만났던, 제갈가의 노인과 소저였다.

제갈문인.

그리고 제갈려.

"정말 죄송합니다! 마차 바퀴는 제가 빠른 시간 안에 손보도록 하겠습니다!"

"허허, 쉬엄쉬엄 하시게나. 급한 일이 있다 했지만 사실 며칠 여유는 있으니 말일세. 허허허."

"네! 정말 죄송합니다!"

마부는 문인의 말에 바로 고개를 숙여 다시 한 번 사과하고는 서둘러 마부석으로 가 마차를 관도 밖으로 뺐다.

그러고는 바로 도구들을 꺼내 마차 바퀴 보수에 들어갔다.

그 일련의 행동들을 지켜보던 문인은 그제야 시선을 돌려 주변을 훑어봤다. 그러다가 무린에게서 멈추고, 눈을 동그랗게 떴다.

"자네······."

"또 뵙습니다."

무린은 문인의 아는 척에 허리를 숙여 인사를 했다. 그러고는 저벅저벅 걸어가 둘의 앞에 섰다.

"소저도 또 뵙습니다."

"네, 안녕하세요."

무린의 인사에 려도 마주 인사를 해왔다.

일말 가식이 없는, 진심된 인사에 무린은 속으로 미소 지었다.

'인연이··· 더 굵어지려는 모양이구나.'

그때, 객잔에서 했던 생각이 그대로 이어지고 있었다.

인연이 되면 다시 만날 것이라는 생각, 그 생각대로 말이다.

"허허, 이 사람. 다음 날 보자고 했더니 그렇게 내빼긴가? 내 자네를 보려고 그날 저녁까지 기다렸음이야."

문인의 말에 무린은 미안한 마음이 들었다. 사정이 생기긴 했지만 사실 그렇게 급하게 움직일 필요는 없었기 때문이다.

"죄송합니다. 제 불찰입니다."

"허허, 아닐세. 저마다 사정이 있는 게 아니겠는가. 그래, 어디를 가려고 그리 바삐 가셨음인가?"

"제남으로 향하고 있습니다."

문인의 질문에 무린은 시원하게 목적지를 밝혔다. 죄지으러 가는 길도 아니고, 죄짓고 도망친 길도 아니기 때문이다.

"제남이라……. 아직 멀구먼. 그럼 어떤 일 때문에 가는지 내 알 수 있겠는가?"

"여동생들 선물 사줄 돈을 마련하러 갑니다."

"허어……."

문인은 무린의 말에 낮은 탄식을 뱉었다. 아마, 필경 오해를 하고 있음이 분명했다. 얼굴 표정에서 전부 보이니 말이다.

"혹, 무(武)를 팔려는 겐가?"

무(武)를 파는 건, 이 시대의 가장 보편적인 돈 벌기 방법이다.

문인의 직설적인 질문에 무린은 그럴 줄 알았다는 표정으로 고개를 저었다. 그리고 대답 전에 등짐에서 물건 하나를 꺼냈다.

불사패다.

신분패와 더불어 전장을 떠나며 받은 패.

"이걸 팔려 합니다."

"이건… 허어……. 그래, 이것이면 보물이 아니면 뭐든 살 만하겠지. 허허, 미안하네. 내 자네를 의심했네."

무린은 설명할까 했지만 들려온 문인의 대답에 그럴 필요가 없었다. 문인은 박식했다. 불사패에 적혀진 글귀를 읽고, 그 가치를 바로 알아보았다.

일반적인 지식 말고, 세상 돌아가는 지식 또한 알고 있는 게 분명했다.

무린은 문인이 돌려주는 불사패를 다시 등짐에 잘 넣고, 이번엔 반대로 문인과 려를 보며 물었다.

"마차가 크게 고장 났습니다. 괜찮으십니까."

"허허, 나는 괜찮네. 우리 손녀딸에게나 물어주시게."

문인의 대답에 무린은 고개를 끄덕이고 다시 려를 보며 물었다.

"소저께서도 괜찮으십니까."

"예, 저도 괜찮습니다."

끄덕.

둘 다 괜찮다는 말에 무린은 안도의 미소를 짓고, 다시 말했다.

"두 분, 다행입니다."

"허허, 고맙네."

"감사합니다."

그렇게 대화가 오가고, 무린은 하늘을 슬쩍 봤다. 해는 이미 서쪽 하늘 지평선에 걸치려 하고 있었다.

"해가 지고 있습니다. 저 앞에 숲이 보이는 듯한데, 그리 가셔서 쉬시는 게 어떻겠습니까."

무린의 말에 문인도 하늘을 슬쩍 보더니 곧 고개를 끄덕였다.

"허허, 그러세. 오늘은 저 숲에서 쉬어 가야겠어. 아가야, 그리하자꾸나."

"네, 할아버님."

"그래, 가자꾸나."

그 말에 무린은 등짐을 다시 메고 앞장서 걸었다. 숲은 눈으로도 보이는 만큼, 이각이 조금 안 걸려 도착했다.

"불을 지피겠습니다."

무린은 그렇게 말하고 잔가지를 모아 불을 지폈다. 전장에 있을 때 질리도록 해본 일이라 무린의 손은 아주 능숙했다.

"허허, 잘 피우는구먼. 이 늙은이도 그리 빠르게는 못하는데 말일세."

"많이 해봐서 그런 모양입니다."

문인의 말에 무린은 조용히 웃으며 말했다. 불을 제대로 피운 무린이 그 근처에 다시 평평한 돌을 두 개를 적당한 거리에 놓았다.

"앉으시지요."

"허허, 고맙네."

"소저도 앉으십시오."

"고맙습니다."

무린의 호의를 문인과 려는 거절하지 않았다. 하지만 그렇다고 당연하다는 듯이 앉지는 않았다.

배울 대로 배운 만큼, 짧지만 진심이 묻어나는 감사 인사를 하고 돌에 앉았다.

무린도 돌을 하나 찾아 앉은 다음, 불을 쬐며 말했다.

"어르신께 듣기로 제갈세가는 태산 아래 있다 들었습니다. 어디를 다녀오시는 길인지 여쭤 봐도 되겠습니까."

잔잔하게 나온 무린의 말에 문인이 고개를 끄덕이며 말했다.

"자네가 궁금하다니 말해주지. 나와 손녀딸은 하구를 거쳐 동영에 들렀다 일을 보고 이제 그 일 때문에 제남으로 향하는 길이네."

여정은 말해주나, 이유는 말해주지 않았다.

그 대답을 들은 무린은 굳이 일이 어떤 일인지는 물어보지 않았다. 당연히 실례임을 알았기 때문이다.

"아, 그러셨습니까. 여독에 힘드시겠습니다."

"허허, 아닐세. 내 늙었지만 아직 이 정도에 지칠 정도는 아니라네. 그보다 자네는 동생의 선물을 사러 간다 했는데, 무슨 선물이기에 그리 멀리 가나?"

주거니 받거니.

무린도 그 말을 받았다.

"여동생이 둘이 있습니다. 무혜와, 무월이라는 쓰는 착하고 어여쁜 아이들입니다. 그 아이들 옷 한 벌이나 사줄까 나왔다가, 따뜻해 보이는 목도리가 있어 패를 팔아서라도 사주고 싶어 제남으로 가는 길입니다."

"허허, 그러한가. 좋은 일이야. 자네 동생들은 축복받았구먼. 이리 착한 오빠를 두고 말일세. 허허허."

"과찬이십니다. 여태껏 한 번도 오라비다운 일을 해본 적이 없습니다. 돌아왔으니, 이제 오라비 행세 좀 하려고 하는 일입니다."

"그게 그 말 아닌가. 허허허."

무린의 말에 문인은 여전히 허허 웃으며 무린을 칭찬했다. 사실 문인은 무린이 마음에 들었다.

전투적인 일을 지금까지 해온 무린.

아니, 고작 전투적이 아닌, 어쩌면 학살 경험까지 있을 무린인데, 그 심성은 문인이 느끼기에 착하기만 했다.

날이 잘 벼려져 있긴 하지만 그건 곧 전장의 기운이 아직 몸에서 빠져나가지 않았기 때문일 것이라 문인은 생각했다.

'어떻게 전장을 십오 년이나 전전했으면서도 이런 심성을 유지했을꼬. 허허. 누구에게 어떤 배움을 가르침을 받았는지

정말 궁금하구먼.'

그게 문인은 진짜로 궁금했다.

뭔가 특별한 것이 있었는지. 아니면 무린의 심성 자체가 그런 것인지, 문인은 그게 궁금하기도 했다.

근데 그 답은 의외로 금방 나왔다.

'가르친 사람이 명사(名士)이고, 이 젊은이의 심성 또한 타고난 것이겠지. 허허, 그래, 그럴 것이야.'

문인의 생각은 정답에 가까웠다.

호연화.

그러니까 무린의 어머니는… 깊었다.

무엇이 깊었냐면 가진바 지식, 지혜, 그 끝이 우물처럼 깊은 분이셨다. 또한, 무린의 심성도 타고났다.

전쟁터에서 십오 년을 살고도, 피에 미친 악귀나 정신 나간 광자가 되지 않았다는 것이 그걸 굳건히 증명하고 있었다.

하나, 무린은 그 반대로도 이미 극에 다다랐다.

문인은 그걸 모르고 있었다.

'보기 드믄 젊은이야. 허어, 후 녀석이 이 젊은이의 반만 닮았어도. 에잉.'

무린에 대해 생각하던 문인은 비슷한 연배지만 전혀 다른 자신의 손자를 생각하다 기분이 씁쓸해졌다.

이건 뭐.

달라도 너무 다른 까닭이다.

문득 문인은 무린의 앞날이 궁금했다.

이 젊은이는 앞으로 무얼 하며 살까. 어떻게 빌어먹고 살까. 그게 문인은 순수하게 궁금해졌다.

"그래, 동생들 사줄 선물을 사서 돌아가면, 앞으로 뭘 할 생각이신가."

"음⋯⋯."

그 질문에 무린은 바로 대답하지 못했다. 솔직히 말해서 아직 아무것도 결정하지 못했기 때문이다.

일단 집안의 가세를 하나하나씩 고쳐 나가겠다는 것을 생각했으나, 세는 그냥 세워지는 게 아니다.

분명 그에 합당한 대가의 노동을 치러야 이루어질 것이다.

무린은 그걸 정하지 못했다.

그래서 솔직히 대답하기로 했다.

"가세를 다시 살리고 싶으나, 어떻게 살릴지는 아직 정하지 못했습니다."

"그런가. 그럼 자네⋯ 내 일 좀 도와주지 않겠나?"

"예?"

문인의 말에, 무린은 놀랐다는 표정을 지으며 되물었다. 제갈가의 문인. 무린은 모르지만 세가 내에서도 낮지 않은 위치에 있는 문인의 제안은 그의 손녀딸인 려마저도 놀라서 눈을 동그랗게 뜨게 만들었다.

그 반응에 문인은 깨달았다.

'허어, 이 나이에 인재 욕심이라니. 허허, 허허허. 나도 아직 멀었구나. 아직 멀었어…….'

욕심이라는 것을, 상대방을 배려하지 않은 탐욕이라는 것을.

제갈문인이니 가능한 깨달음이었다.

좋은 제안은 분명하다.

하지만 이제 북방의 전쟁터에서 귀환한 무린이다. 그런 무린인데 현재 심성은 굳건하기만 하다.

제갈가라는 특성상, 어떻게 됐든 이익을 가지고 움직일 수밖에 없다. 세가 자체가 그런 집단이기 때문이다.

물론 세가 인원 전부가 그런 것은 아니지만 적어도 세가의 대소사는 전부 이득을 위해 세워지고, 세가의 인원들은 그 이득을 위해 움직인다.

제갈문인.

세가의 제일장로가 바로 그이다.

무는 깊지 않으나, 문은 반대로 깊고도 깊은 문인. 그 가진 인품과 문에 대한 능력은 제갈가의 제일장로에 앉아 있는데 결코 부족함이 없었다.

하지만 제갈가도 결국 무림세가다.

그가 무린을 품는다면 어찌 됐든 간에 손에 피를 묻히는 날이 올 것이다. 피를 묻혀 지금까지 살아온 사람에게 다시 피를 묻히다니.

그건 예의가 아니었다.

문인은 그걸 깨달았다.

"지금 말은 못 들은 걸로 해주게. 내가 실언을 했네. 허허."

"네, 그리 알겠습니다."

무린은 그 말에 편한 목소리로 대답했다. 거기다가 한 치의 망설임없이 대답했다. 그건 곧 문인의 제안이 무린을 부담스럽게 했다는 소리였다.

문인은 거기서 확실히 알았다.

자신의 제안을 받아들이면 무린은 본인이 무슨 일을 해야 할지 어렴풋이 눈치챘다는 것을. 그리고 그건 본인이 원하는 길이 아니라는 것을.

'허, 허허.'

문인은 그저 속으로 웃었다.

반대로 문인이 속으로 웃을 무렵.

'후우……'

무린은 속으로 안도의 숨을 쉬었다. 갑작스럽게 나온 문인의 제안. 그 제안은 무린에게 불편한 것이었다.

어딘가에 소속되는 것.

군부에 십오 년을 묶여 있던 것으로도 충분했다. 이제는 가족과 함께 삶을, 그 순수한 일상을 함께하고 싶었다.

그게 무린의 솔직한 마음이었다.

문인의 권유 때문에 분위기가 살짝 경직이 됐다. 그건 피어 놓은 모닥불을 바라보며 입을 열지 않는 세 사람이 증명하고 있었다.

'무겁구나.'

경직된 분위기.

무린은 싫어했다.

마치 전투 전에 퍼지는 그런 기운 같아 무린은 싫어했다. 이런 무거운 분위기가 흐르고 나면 반드시라고 해도 좋을 정도로, 누군가 죽었다.

그건 아는 사람일 때도 있었고, 모르는 사람일 때도 있었다. 하지만 죽는다는 것은, 똑같은 것.

그래서 분위기를 바꿔야겠다고 생각한 무린은 머리를 굴렸다.

그러다 문득,

'아……'

등짐 속에 있는 서책이 떠올랐다.

버릇처럼 싸온 서책 두 권이 떠오른 건 순전히 우연이었다. 그냥 화제 거리를 전환할 것을 찾다가 생긴 우연.

"혹시, 이 책 좀 봐주실 수 있겠습니까."

"음? 무슨 책 말인가?"

그 말에 문인이 바로 반응을 보였다. 반응을 보이자 무린은 바로 등짐을 풀어 읽을 수 없는 글자로 적혀진 서책을 문인에게 건넸다.

"북방에 있을 당시 우연히 얻은 서책입니다. 하지만 제 배움이 짧아 해석하지 못해 무슨 책인지 알 수가 없습니다."

"그런가? 이리 줘보게나."

문인은 책을 받아 바로 펼쳤다.

살짝 낮춰 모닥불 빛이 비추게 하고는 호오, 하는 소리를 냈다. 그리고 한참을 읽더니 조용히 말했다.

"못 읽을 정도는 아니구먼. 근데 자네 이걸 우연히 얻었다 했나?"

"네, 그렇습니다."

"허허, 축하하네."

"네?"

뜬금없이 축하한다는 말에 무린은 고개를 갸웃했다. 앞뒤 잘라 먹고 축하한다고 하니 당연한 반응이었다.

문인은 그 이유를 설명해주기 시작했다.

"자네, 내공은 익혔나?"

"익히지 않았습니다."

그 물음에 무린은 고개를 저으며 대답했다.

내공?

그게 어떤 건지는 무린도 알고 있었다. 실제로 내공을 익힌 사람을 본 적도 있고, 적으로 만난 적도 있었다.

강철조차 베어내는 힘.

무린은 내공이란 것을 그렇게 정의 내렸다. 하나, 알고 있지는 않았다. 알고 있지 못하니, 익히지도 못했다.

"그게 내가 자네를 축하하는 이유네. 이 서적은 내공심법이 적힌 책일세."

"아……."

무린은 낮은 탄성을 지었다.

"뛰어난 내공심법이 적혔지만 그렇다고 무가지보까지는 아니어 보이네. 근데 허허, 이거 참. 웃기는구먼."

"뭐가 말씀이십니까."

"내공심법을 내 판별해 주는 날이 오니 말일세. 허허허. 무인에게 내공심법이란 곧 생명과도 같다네. 직계가족이나 제자를 제외하고는 그 누구에게도 알려주지 않지. 그렇기 때문에 이런 일은 정말 손에 꼽힌다네."

"아, 그렇습니까."

무린은 이해했다.

내공이란, 무공이란, 그 자체로 가보(家보)다.

문인은 그렇게 말하고 있었다.

하지만 무린은 몰랐다.

읽지도 못했는데 그 서책의 내용이 내공심법이라는 것을 어떻게 알겠는가. 그저 내용이 궁금한 것도 있었고, 가장 큰 이유는 분위기를 바꿔보기 위함이었다.

"제목은… 아니네."

"어르신, 잠시만……."

문인이 제목을 말하려다 멈췄고, 무린도 말하려는 문인을 제지했다. 그리고 어느 숲으로 들어왔던 길을 가만히 응시했다.

잠시 후.

다섯 명의 사내가 문인, 려 그리고 무린에게 접근했다.

*　　　*　　　*

달그락거리며 마차를 끌고 온 이들은 총 다섯 명이었다.

중앙에 뚱뚱하지만 선한 인상의 사내 하나, 그 양옆으로 덩치가 조금 큰 사내가 둘, 다시 그 옆으로 보통 체구의 사내 둘.

이렇게 다섯이었다.

어느 정도 다가와 선한 인상의 사내가 손을 비비며 시선을

문인에게 고정하고 물었다. 그건 곧 문인 한 사람에게 묻는다
는 뜻.

"혹시 여기에 마차에 타셨던 분이 계십니까?"

"그러네만, 누구신가?"

"아이고! 관도를 따라 걷다 부서진 마차가 보여 도와주러
왔습니다요."

무린은 말하는 사내를 빤히 바라봤다.

말했듯이 선해 보이는 인상이다.

둥글둥글한 체형에 손을 비비며 그리 말하니 더욱 사람 좋
은 인상이 강해 보였다. 하지만 문인의 대답은 그걸 아는지
모르는지 경계하는 것도, 그렇다고 하지 않는 것도 아닌 그저
평이한 말투였다.

"그런가. 그런데 마부는 어디에 있나? 그 사람이 있어야 마
차를 고칠 수 있을 텐데 말이네. 그리고 마차는 왜 자네들이
끌고 왔고?"

"헤헤, 저쪽 개울가에서 잠시 더러워진 손을 씻고 온다 합
니다요. 아이고, 추워라. 잠시 저희도 몸을 녹일 수 있겠습니
까요? 손만 녹이고 바로 마차를 고쳐 드리겠습니다요."

"허허, 허허허."

넉살 좋게 그리 말하니 문인은 그저 웃었다.

피식.

문인이 웃자 무린도 피식 웃었다.

그리고 웃음이 끝나는 즉시, 창을 잡았다.

어디서 수작질을.

문인이 맡고 있는지 못 맡고 있는지는 모르겠지만 무린은
지금 확실하게 맡고 있었다. 저들에게서 나는 피냄새를 말이
다.

무린의 후각엔 은은한 정도가 아닌, 비릿할 정도로 풍기고
있었다. 척후전 경험상, 이런 자들은 일반인이 아니라는 결과
가 나온다.

그것도 반드시.

피냄새를 몸에 묻히고 온 자는 항상, 좋은 의도보다는 나쁜
의도를 품고 있는 경우가 대부분이다.

“마부는 어디에 있나.”

무린이 앞으로 나서며 물었다.

그러자 선한 인상의 사내가 여전히 웃는 낯으로 대답했다.

“헤헤, 마부는 좀 전에 개울가에서 씻고 있다고 말씀드렸
습니다만……. 헤헤.”

“근처에 개울은 없었다.”

“헤헤, 있습니다요. 요기서 조금만 가면 나옵니다요.”

무린의 말에 그 사내는 그렇게 대답했다.

손가락으로 저기 어디쯤을 가리키면서.

‘이렇게 나온다면…….’

발뺌하겠다 이거냐.

그리 나온다면 나도 생각이 있다.

“그렇다면 당신 몸에서 나는 피냄새를 설명하라.”

“피냄새 말입니까요? 제 몸에서 피냄새가 납니까요? 킁킁! 저는 모르겠습니다만. 이보게, 내 몸에서 피냄새가 나나? 나는 하나도 안 나는데? 장복이 이 친구야, 어디 내 냄새 좀 맡아보게.”

선한 인상의 사내가 다른 사내들에게 묻자, 그 사내들은 모두 고개를 저었다. 그 모습에 무린은 짜놓고 치는 투전판의 느낌을 받았다.

그렇다면.

“강제로 인정하게 해주마.”

힘으로, 샅샅이 밝혀주겠다.

아마 분명 내 생각은 틀리지 않을 것이다.

무린은 창을 선한 인상의 사내의 중단을 겨누고 대지에 우뚝 섰다. 굳건한 다리, 탄탄한 상체에서 나오는 위압감은 사내들. 아니, 도적들을 물러서게 만들었다.

거기에 날카롭게 빛나는 눈빛과 더해지는 위압감은 한층 더해졌다.

“왜, 왜 이러십니까요…….”

덜덜 떠는 도적.

무린은 그 말에 대답하지 않았다.

그저 한 발자국 내딛었을 뿐.

쿵!

하지만 그 한 걸음에 무린의 창은 이미 점을 뚫고 있었다.

쉬이익!

"헉!"

그리고 뚫는 즉시 무린의 창은 목표에 다다른다.

진각 소리와 함께 선한 인상의 도적의 목젖에 창이 겨눠지자 도적들은 움직이지도 못했다.

무린의 보여준 건 단순, 간단한 찌르기다.

일반인도 한 번 보여주면 따라하기 가능한 찌르기.

백일창(百日槍), 천일도(千日刀), 만일검(万日劍)의 말처럼 누구나 쉽게 따라할 수 있는 게 바로 창의 찌르기다.

하지만, 무린이 보여주는 경지는 백 일을 연마해도, 천 일을 연마해도 힘들 것이다. 혹 모른다. 만 일을 연마하면 가능할지.

십오 년의 수련이 녹아 있는 찌르기다.

일반적인 찌르기와는 그 궤를 달리 할 수밖에 없었다.

"이, 이이……!"

상황을 파악한 도적의 얼굴이 곧바로 붉으락푸르락해지기

시작했다. 무린의 갑작스러운 기습에 당황했다가, 곧 우롱당한 것 같은 일격에 화가 나기 시작한 것이다.

"쳐라!"

곧바로 터진 외침에 무린은 그럼 그렇지라고 생각했다. 이들은, 마부에게 해를 입히고 이곳까지 찾아온 게 분명했다.

목적은 당연히 셋에게도 해를 입히기 위해서였다.

챙!

채쟁!

검보다는 짧고, 단검보다는 긴 요상한 모양의 검이 도적들의 등 쪽에서 뽑혀 나왔다. 공통점은 모두 소지가 용이하고, 은밀히 간직해 남에게 숨기기 쉽다는 점.

딱!

"악!"

그리고 그 검들이 뽑혀 나오기 무섭게 무린이 움직였다. 바로 창대를 휘둘러 도적 하나의 손등을 내려친 것이다.

강맹한 기운이 담긴 무린의 창이 도적의 손등에 떨어졌다는 건 곧 도적의 손이 아주, 많이 다쳤다는 것을 의미했다.

일격은 거기서 그치지 않았다.

손등에 맞자마자 창을 손목의 힘으로 흔들어 턱까지 치켜올렸다.

나무의 탄성에 부웅! 하고 휘었다가 곧 수직상승하는 창대의 끝.

빡!

역수로 잡았기에 빡이지, 제대로 잡았으면 푹이다.

무린은 도적 하나가 검을 놓치고 앞으로 무너지자마자 몸을 회전시켰다. 그 후 원심력을 이용, 부웅! 소리가 나게 휘둘렀다.

그리고 옆구리 밑, 골반에 직격.

빠각!

"칵!"

듣기만 해도 아찔한 소리를 내며 도적 하나가 또 주저앉았다.

골반을 제대로 맞았으니, 아마 한동안 움직이기도 힘들 것이다. 아니, 어쩌면 뼈가 바스라졌을지도.

"이놈!"

그때 도적 하나가 크게 소리치며 무린을 노리고 검을 휘둘렀다. 하지만 무린은 그걸 가볍게 피해냈다.

북방의 짐승 같은 몸놀림을 가지고 있던 전사들의 공격에 비하면 그야말로 애기가 발길질하는 정도라 느껴질 정도의 공격이다.

피하기 쉽다는 소리다.

그래서 무린은 여유가 있어 피하면서도 공격을 했다.

창을 회수해 반원을 사선으로 돌려 턱을 가격한 것이다.

퍽!

"켁!"

그야말로 단말마다.

순간적인 고통은 큰 비명보다는, 짧은 비명을 내는 경우가 더 많았다. 도적들은 그 경우에 착실히 해당되고 있었다.

"이야압!"

정말 찰나의 시간 동안 셋이나 쓰러질 정도로, 이렇게 순식간에 제압당했다면 도망치거나 무릎을 꿇을 법도 한데, 아니면 아예 바닥에 납작 엎드릴 법도 한데도 남은 도적들은 그러지 않았다.

오히려 기합을 내면서 무린에게 달려들었다.

동시에 짓쳐들어오는 둘을 바라보는 무린의 눈은 차분하기만 했다. 전장에서 이런 경험은 이미 충분하다.

차다 못해 넘쳤다.

아니, 더 위험한 경험조차 수두룩했다.

예를 들면 무린의 부대는 백 명인데 천 명의 적군에게 포위를 당한다거나, 수십, 수백의 기병에게 쫓긴다거나, 그도 아니면 무린은 상대조차 안 되는 정체불명의 적에게 쫓긴 적도 있었다.

그럼에도 무린은 살아남았다.

그건 무린에게 생사의 고난이란 경험이 되었고, 경험은 곧 무린을 강하고 단단하게 단련시켰다.

쉬익!

무린이 상체를 빼자 검이 무린의 앞섬 바로 앞을 지나갔다. 그 간격은 겨우 일 촌의 거리. 하지만 그건 도적의 공격이 빨라서가 아닌, 무린의 의도대로였다.

쉬이익!

옆으로 상체를 비틀자 도적의 검이 무린을 찌르려다 그냥 지나쳤다.

툭.

"헛!"

내밀은 발에 도적이 걸려 기우뚱했다. 그러자 무린은 창을 양손으로 넓게 잡은 다음 신형을 뒤로 회전시켰다.

퍽!

우득!

"케엑!"

역수로 쥔 창대가 도적의 갈비뼈를 두드리며 수수깡처럼 분질러 버렸다.

"이익!"

그 모습에 혼자 남은 선한 인상의 도적은 주춤 물러났다. 드디어 실력의 격차를 깨달았기 때문이다.

그러나 이미 늦었다.

“다시 묻지.”

“으으…….”

무린이 혼자 남은 도적을 바라보며 나직한 목소리로 묻자
그 도적은 신음을 내며 뒤로 주춤주춤 물러났다.

“마부는 어디에 있나.”

“개, 개울가에…….”

그 대답에 무린의 눈이 차갑고, 사납게 빛났다.

“아직 정신 못 차렸구나.”

쿵!

쉬익!

일직선으로 뻗어나가는 창.

퍽!

그대로 도적의 명치에 작렬했다.

“크르르…….”

명치는 급소.

도적은 거품을 물고 앞으로 고꾸라졌다.

싱거운 전투였다.

*　　*　　*

도적놈 다섯을 순식간에 쓰러뜨리고 바로 사지를 제압하는 무린을 보면서 문인은 순수하게 감탄했다.

"창을 저리 깔끔하게 쓰다니, 역시 대단한 젊은이구나."

"그런가요?"

손녀딸 려가 묻자 문인은 고개를 끄덕였다.

"보았지 않느냐. 일체 허례가 없다. 화려함을 죽이고, 오직 상대를 제압하는 무술이 바로 저런 무술이란다."

"아……."

문인이 아무리 무보다 문에 깊게 통달했다 하더라도 그가 일생 동안 봐온 무는 결코 얕지 않았다.

더욱이 무도를 공부한 적도 있는 만큼 문인의 눈썰미는 보통이 아니었다. 그런 문인의 말에 려는 작게 감탄했다.

그녀는 무예보다는 학문에 힘썼다.

그러니 당연히 무에 대한 안목은 낮을 수밖에 없었다. 하지만 할아버지가 그렇다고 하니 그저 아… 하고 감탄한 것이었다.

"피하는 움직임도 마찬가지다. 수비를 위해 피하는 게 아닌 공격을 위해 피하더구나. 그럼 대체적으로 피하는 간격이 아슬아슬해질 수밖에 없고, 그럼 더욱 위험해지는 건 당연하단다. 거기다 창이라는 장병의 특성상 근거리 공격은 힘들 터인데 무린이 저 친구는 창을 아주 제 몸처럼 다루더구나."

“네, 저도 봤어요.”

문인의 말에 려도 고개를 끄덕였다.

창은 검보다, 칼보다 길다.

그래서 거리를 잡고 찌르고, 휘두르고, 대부분 이런 공격을
보인다. 하지만 무린은 초근접전에서도 강한 면모를 보였다.

창대를 잡아 돌리며 공격하는 것.

휘둘러서 도적의 옆구리를 찍었던 그 깔끔한 일격을 말이
다.

“그날 보았던 연환식은 역시 일대일이 아닌 일 대 다수를
염두한 수련이었을 것이다. 전후, 좌우는 물론 사방에서 몰려
오는 적을 대비하기 위한 수련. 허허, 본가에도 아마 저리 깔
끔한 연환식을 구사하는 사람은 몇 없을 것이다.”

“그럼 무린 공자가 세가의 무사들보다 강한가요?”

문인의 말에 려가 그렇게 물어왔다.

눈빛이 초롱초롱한 걸 보니 아마 정말 궁금해 하는 것 같았
다. 아마, 일말의 기대감마저 품고 있으리라.

하나 문인은 고개를 저었다.

“그건 아닐 게다. 듣기로 무린이 저 친구는 내공을 익히지
않았다고 했지 않았느냐. 려야, 알다시피 내공의 힘은 보잘것
없을 정도로 적게 모았다 하더라도 범인의 힘은 거뜬하게 뛰
어넘는단다. 만약 무린 저 친구와 세가의 동검수와 붙는다면

십중팔구는 동검수가 이길 것이다. 내공은 그만큼의 힘을 가
지고 있지."

"하지만 무린 공자가 강하다고 하셨잖아요?"

문인의 말에 려는 오히려 되물었다. 좀 전까지 무린이 강하
다고 칭찬해 놓고 세가 동검수한테도 진다니, 그걸 려는 이해
하지 못한 것이다.

그 물음에 문인은 허허 웃었다.

그리고 인자한 미소를 지은 채 다시 입을 열어 설명을 했
다.

"무린이 저 친구는 분명히 강하단다. 아마 내공 없이 싸운
다면 세가의 금검수와 겨뤄도 쉽게 밀리지 않을 것이야. 하
나, 금검수가 내공을 쓴다면 무린 저 친구는 질게다. 내공이
란 그런 것이기 때문이다."

"아아…… . 그럼 내공 없이 동검수와 싸우면 무린 공자가
이기나요?"

"아마 그럴게다. 저 친구 창 다루는 솜씨를 보니 내공 없는
싸움이라면 분명 동검수는 이길 것이야."

내공을 제하고 싸우면 세가의 무력집단 중 최강인 금검수
까지는 비슷하게 싸울 수 있다. 하나, 내공을 사용하면 금검
수는커녕 동검수한데도 진다.

문인의 말은 그런 말이었다.

려는 이해했는지 고개를 주억거렸다. 그러다가 문득 다른 생각이 들었는지 문인을 보며 다시 입을 열었다.

"무린 공자님이 아까 보여준 책이 내공심법이라고 하셨잖아요? 그럼 무린 공자가 그걸 익히면 금검수와 겨뤄도 안 질까요?"

"아니, 그것도 아니란다. 내공이란 하루아침에 쌓이는 게 아니기 때문이다. 금검수가 지금의 내공을 보유하기 위해 얼마나 걸렸는지는 아느냐?"

"아니요. 소녀는 몰라요."

려는 고개를 저었다.

그 모습에 문인은 역시 이번에도 웃었다.

"가장 말석에 있는 금검수가 이십 년째다. 적어도 열 살 때부터 말이다. 내공은 그만한 인고의 세월을 거쳐야 탄탄하게 쌓여 그 힘을 발휘하는 게 정석이지. 만약 그걸 벗어나면 그 내공심법은 마공심법이라 불려야 타당할 것이야. 그리고 이 할아비가 저 친구에게 받아 본 책에는 분명 내공심법이 적혀 있었지만 세가의 소천성신공보다도 못해 보였단다. 그렇다면 대천성신공을 익힌 금검수들에게는 당연히 더욱 부족할 수밖에 없을 것이야."

"아아……. 그렇군요."

려는 문인의 긴 말을 이해하고 고개를 끄덕였다.

그때 문인이 다시 말했다.

"하지만 혹시 모르지. 무린 저 친구가 우리가 흔히 말하는 기연을 얻는다면 말이야."

"기연이요? 그건 이야기책에나 나오는 것 아닌가요?"

"그렇기야 하지. 하지만 기연이 아예 허구 속에 이야기는 아니란다. 당장 가까운데서만 찾아도 황풍, 그 친구만 봐도 그렇지."

"아, 일진광풍 대협이요?"

"그래, 그 친구도 기연으로 얻었다 했지. 풍천십이결을 말이야."

일진광풍(一陣狂風) 황풍(晃風).

산동을 대표하는 사대 무인 중 한 명이 바로 그이다.

이런 말이 있다.

황풍 그 친구가 한번 화나면 일진광풍이 분다고. 그리고 그 일진광풍은 주변을 초토화시켜야만 잠잠해진다고.

그런 그가 어느 자리에서 말했다.

누구에게 사사받았냐고 묻자, 산을 타다 절벽에서 떨어졌는데 동굴 속에서 백골의 사체와 함께 찾았다고.

흔히 말하는 기연을 얻었다는 소리였다.

이렇듯 기연이 아예 없는 것도 아니었다. 하지만 진짜 기연을 얻는 사람은 정말 손에 꼽을 정도로 적었다.

"풍천십이결은 천고(千古)의 무예다. 옛날처럼 강(罡)을 생성하는 무예는 아니지만 현 시대에서는 정말 최고라 해도 손색이 없는 무공이지."

"아아, 그렇군요."

이미 강을 사용하던 시대는 지났다.

시간이 지남에 따라 강은 사라지고, 이제는 기만 남았다. 거기다가 기를 쓰는 사람도 점차 줄어들더니 이젠 고수라는 소리를 듣는 사람들만 기를 썼다.

"무린 저 친구가 만약 풍천십이결 같은 내공서를 얻는다면 상황은 많이 달라질 게다. 지금도 저 친구는 호랑이인데, 내공심법은 그에게 하늘을 나는 날개를 달아줄 것이야. 허허."

"하지만 기연은 얻기 힘들다고……"

"허허."

문인은 려의 말에 그저 웃었다.

저 멀리 사라지는 무린을 의미심장한 미소로 보면서.

*　　*　　*

무린은 도적들을 다그쳐 마부를 찾아냈다.

하지만 찾아냈을 때는 이미 차가운 시체가 되어 있었다. 도적들은 마부를 잡고 다그쳐서 노인, 소녀, 그리고 건장한 사내 한 명이 숲으로 갔다는 정보를 입수하고 찾아왔을 가능성이 높았다.

마부가 잘못한 것은 없었다.

목에 칼을 들이미니 말 안 할 수가 없었을 것이다.

나쁜 것은 도적놈들이다.

정보를 입수하고 도적들은 무린과 문인, 려를 찾아왔다. 자신들은 신체 건강한 장정 다섯이니 걱정없었을 것이다. 하지만 설마 거기에 북방의 전장에서 십오 년을 구른 무린이 있었을 거라고는 상상도 못했을 것이다.

마부의 시체를 수습한 무린은 차가운 눈으로 도적 다섯을 노려봤다.

"사람을 죽이고 살아가는 삶이 그리 재미있더냐."

그 차가운 목소리에 도적들은 흠칫 떨었다.

몸을 안 떨 수가 없었다. 얼음장에 담갔다가 빼서 던진 비수처럼 가슴이 아릴 정도로 서늘했기 때문이다.

"그런 삶, 재미있냐고 물었다!"

쩌렁!

"아, 아닙니다!"

"그런데 사람을 왜 상하게 하는 것이냐! 그렇게 내 힘으로 돈 벌어먹기가 싫은 것이냐! 불구더냐!"

"아닙니다!"

무린은 순수하게 분노하고 있었다.

물론 무린도 많은 사람을 죽였다. 무린이 있었던 곳이 전장이라는 특성을 생각한다면 아마 어마어마한 타인의 생명을 빼앗았을 것이다.

하지만 거기엔 명분이 있었다.

작게는 나라를 위해서라는 명분이, 크게는 생존이라는 거대한 명분이 말이다. 그래서 무린은 자신의 지난 삶을 부끄러워하지 않았다.

하지만 이자들은 달랐다.

그저 자신의 손으로, 발로 밥 빌어먹기 싫으니 남의 것을 빼앗는다. 그리고 빼앗는 것에 그치지 않고 목숨까지 취한다.

도적.

이해할 수 없는 무린이고, 설령 이유가 있더라도 이해하기 싫은 무린이었다.

"네놈들은 용서할 수가 없다. 내 시간이 걸리더라도 꼭 네놈들을 관아에 넘기고야 말겠다."

"헉! 대, 대협! 제발 살려주십시오!"

무린의 말에 선한 인상의 도적이 무릎걸음으로 무린에게 기어와 애걸복걸하기 시작했다. 그러나 그런 도적을 바라보는 무린의 눈은 여전히 차가웠다.

"닥치거라! 알고 있느냐! 남의 재산을 탐하고! 남의 생명을

취하는 행동이 얼마나 큰 중죄임을! 네놈들은 관아에 넘어가
는 즉시 북방의 전쟁터로 끌려갈 것이다!"

"제발! 아이고! 대협! 제발 한 번만 봐주십시오!"

"일없다!"

차갑게 일갈한 무린은 도적들을 끌어다가 나무 둥치에 묶
었다. 도망칠 생각? 안 해본 게 아니었다.

그나마 날렵한 도적 하나가 뛰었다가 무린에게 잡혀 개처
럼 두들겨 맞는 것을 보자 모두 포기하고 말았다.

발이 빠른 그도 잡혀 맞았는데, 여기저기 부러져 엄청난 통
증에 시달리는 그들이 도망칠 가능성은 거의 없다고 봐야 했
다.

품 안까지 샅샅이 뒤져 모든 날붙이를 뺏은 무린은 곧 마차
에서 굵은 동아줄을 빼서 나무에 옴짝달싹도 못하게 묶어 버
렸다.

"도망칠 생각만 해보거라! 네 반드시 네놈들을 잡아다 불
구로 만들어줄 터이니!"

"아이고! 아이고!"

무린의 냉정한 말에 도적들이 통곡을 했지만 무린은 결코
봐주지 않았다. 사실, 이것도 많이 봐준 것이기 때문이다.

최초엔 죽일 마음을 품었다.

하나 문인과 려 때문에 바로 그 생각을 수정하고 제압하는

방법으로 바꾼 무린이었다. 무린이 마음만 먹었다면 저 도적들은 이미 싸늘한 시체가 되어 있었으리라.

거기다가 이곳은 전장이 아니다.

그 말은 곧 전장과는 달리 사람을 죽이는 행위가 합법이 아니라는 소리고, 무린은 그러한 사실을 제대로 인지하고 있었다.

도적들을 묶어 놓고 모닥불로 다가오자 문인과 려가 아직 안 자고 기다리고 있었다. 무린은 고개를 꾸벅 숙여 인사했다.

"죄송합니다. 조금 늦었습니다."

"허허, 아닐세, 아니야. 고생했구먼. 그리고 고맙네."

"무린 공자님에게 소녀 려가 감사드려요."

무린의 인사에 문인도 려도 무린에게 마주 인사를 했다. 인사를 주고받은 다음 무린이 모닥불에 앉자 문인이 물었다.

"도적들은 어떻게 할 생각인가?"

"관아에 넘길 생각입니다. 저들이 한 짓을 생각하면 결코 용서할 수 없어, 꼭 합당한 죗값을 치르게 할 작정입니다."

"허허, 그러게. 죄인에 대한 심판은 나라에서 하는 게지. 우리가 하는 건 아니라네. 허허허!"

무린의 말에 문인은 웃었다.

사실 힘이 있는 자들이 간혹 오해하는 게 있는데, 힘이 있다고 심판의 권력까지 행사하려는 것이 바로 그것이다.

하나, 엄연히 죄를 지은 자에 대한 판결은 나라에 있다. 그럴 만한 권한을 나라에서 얻었다면 몰라도 그렇지 않다면 독단적 심판은 엄연히 불법이다.

그런데 무린이 그렇지 않자 문인은 그것도 마음에 들었다.

"놀라시지 않으셨습니까."

무린은 혹시나 해서 물었다.

문인이 제갈세가의 사람이지만 연로한 몸, 그리고 려는 딱 봐도 가녀린 여성이다. 혹시 전투에 심적으로 놀랐을지 걱정이 됐다.

"허허, 놀랄게 뭐가 있겠나. 자네가 있는데 말일세. 허허허."

"소녀도 괜찮습니다."

그 말에 무린은 안심이 됐다.

"다행입니다."

무린이 그렇게 말하자 문인은 다시 허허 웃더니 걱정스러운 음색으로 말했다.

"그보다 마부는 어떻게 됐나?"

"……"

문인의 질문에 무린은 침묵으로 대답했다. 그러자 문인의 혀를 끌끌 찼다.

"안타까워. 아무리 치안을 강화해도 전체를 돌볼 수 없음이 아쉽다네."

제갈세가는 확실히 산동성의 치안에 힘을 보탰다.

평검수는 빼고, 동검, 은검, 사태에 따라 금검까지 투입하며 산동성의 치안을 강화하려 했지만 일개 세가 혼자서 그걸 전부 해결할 수는 없는 노릇이었다.

"이럴 때 황보가가 도움을 주면 좋을 텐데요……."

려의 말에 무린이 황보가? 하며 잠시 생각을 해봤다.

산동성 태산아래 제갈세가가 있다면, 산동도성 제남에는 황보세가(皇甫世家)가 있다. 말 할 것도 없이 유명한, 아주 유명한 세가였다.

검, 도, 창보다는 그 핏줄의 힘으로 거력을 행사하는, 그런 세가였다.

"아쉽지. 황보가의 부재가 이럴 때 정말 아쉬워……."

하지만 황보세가는 지금 대문을 걸어 잠근 상태였다. 아니, 아예 봉문은 아니지만 그에 준하는 사태가 황보세가에 벌어졌기 때문이다.

만약 황보세가까지 산동성의 치안에 협력했다면 더욱 좋아졌으리라. 문인은 그걸 아쉬워하고 있었다.

무린은 왜 황보세가가 부재라고 했는지 궁금했지만 묻지 않기로 했다. 말해줄 사안이었다면 무린이 물어보지 않아도 알려줬을 것이다.

거론하지 않는 걸 보면, 무린이 알아선 안 되는 이유가 있을 것이다. 그래서 무린은 묻지 않았다.

"그보다 이거 참 곤란하구먼. 마차는 고장 났는데 어떻게 해야 할지……."

문인의 그 말에 무린은 조용히 입을 열었다.

"제가 손재주가 조금 있습니다. 마차도 몰 줄 아니 제가 마부 역할을 하겠습니다."

"이런, 아니 될 말일세. 그런 폐를 끼칠 수는 없다네."

문인이 고개를 젓자, 무린도 고개를 같이 저었다.

"아닙니다. 상황이 상황이니 할 줄 아는 제가 아는 게 옳습니다. 전장에 있을 적에 전부 해본 경험이 있는 일이니 말입니다. 그러니 너무 마음 쓰지 마십시오."

"그렇게 말하니 신세 좀 지겠네."

무린이 한다는 말을 문인인 결국 승낙했다.

여기서 마차를 보수할 수 있는 것도 무린, 마차를 몰 줄 아는 것도 무린. 문인에겐 사실 달리 선택할 수 있는 길이 없었다.

"참 전의 얘기로 돌아가세. 이 서책에 적힌 심법의 이름은 삼류공이네. 하나 여기에 적힌 일류을 다루는 것밖엔 안 나와 있네. 그래서 내 그리 뛰어난 심법은 아니라 얘기했던 것이네.”

“삼륜공······.”

륜이라.

돌고 도는 바퀴라, 이 말인가?

무린의 감상은 딱 이랬다.

기뻐하는 것도 아닌, 실망하는 것도 아닌, 그 평범한 제목의 의미만을 음미(吟味)할 뿐이었다. 사실 무공에 대한 욕심은 없는 무린이다.

이미 스스로 얼마나 강한지 확실히 인지하고 있는 무린이다. 흔히 말하는 천외천(天外天). 비정강호(非情江湖)의 무림인들에게는 상대도 안 되겠지만 그곳이 아니라면 제 가족, 제 자신은 확실히 지킬 실력이 있다고 무린은 생각하고 있었다.

그런 무린에게 욕심은 현재 딱 하나였다.

가족.

그저 행복한 삶을 살기를 원할 뿐이었다.

그렇기 때문에 문인의 말에 그저 그 뜻만을 음미할 수 있었다. 그런 무린의 얼굴을 보면서 문인은 웃었다.

그리고 다시 말했다.

“잠시 살펴보기로는 어디 모난 구석은 없네. 거기다가 주효능이 몸을 보호해 주는데 중점을 둔 심법이라네. 이 또한 내 뛰어난 심법이 아니라 한 이유라네."

삼륜을 돌려야 하지만 서책에 적혀 있는 건 일륜을 돌리는 방법뿐이었고, 그 마저도 그저 신(身)을 보호하는 데 중점을 둔 내공심법이다.

무림인들이 들었다면 결국은 반쪽짜리라 생각했을 것이다. 아니, 반에 반쪽짜리 심법이 바로 서책에 적힌 일륜호신공(一輪護身工)이었다.

하나 무린은 그런 생각조차 하지 않았다.

그저, 서책의 의미를 알 수 있었으니 그게 전부였다.

"그래도 확실히는 모르니 내 제남으로 가는 길 동안 살펴보고 해석본을 건네주겠네. 그래도 괜찮겠는가?"

"예, 그렇게 하십시오."

"허허, 알겠네. 그럼 제남에 도착하기 전까지는 꼭 주도록 하겠네."

무공에 뜻이 없는 무린이니, 그 말을 거절할 이유도 없었다.

문인도 마찬가지였다.

학사이고, 욕심을 절제할 수 있고, 버릴 수 있는 경지까지 온 문인이었다. 거기다가 딱히 뛰어난 심법도 아니고, 그 마저도 반쪽짜리니 욕심낼 필요도 없었다.

"날이 깊었습니다. 오늘은 이만 자는 게 좋겠습니다. 불침

번은 제가 설 터이니 마음 편히 주무십시오.”

“허허, 그 제의는 고맙게 받아들이겠네.”

“소녀도 감사하게 받아들이겠습니다.”

나이 먹은 노인과 아직 어린 소녀에게 불침번을 세우게 한다는 건 무린에겐 무리였다. 그래서 스스로 불침번을 자처했고, 일각의 시간이 지난 뒤 둘이 잠들자 무린은 말없이 모닥불을 바라봤다.

‘오늘로 벌써 이 주째구나.’

벌써 집을 떠나온 지 이 주가 흘렀다. 그런데 아직도 제 남에 도착하지 못했다는 사실이 무린의 마음을 무겁게 했다.

얼마나 걱정하고 있을까.

기껏 살아 돌아온 오라비가 집에 온 지 삼 일 만에 다시 나가 이 주 동안 안 들어오고 있다는 것은 아마 동생들에게 지대한 불안감을 형성시키리라.

‘미안하구나. 정말 미안해.’

그 여우 목도리만 아니었으면, 이러지 않았을 것이다. 하지만 당시 무린은 그걸 너무 동생들에게 사주고 싶었다.

사준 의복과 목도리를 한 무혜와 무월의 모습을 상상하자 무린은 절로 입가에 미소가 그려졌다.

‘최대한 빨리 돌아가도록 하마.’

무린은 다짐했다.

빨리.

하루빨리 가족들의 곁으로 돌아가기로.

第五章　흑점(黑店)

그 다음 날, 아침 일찍 해가 뜨자 무린은 곧바로 마차 바퀴 보수에 들어갔다. 본인이 말했던 것처럼 무린은 손재주가 있었다. 이리저리 살펴보고, 뚝딱뚝딱 거리기를 반 시진 만에 마차 바퀴를 고쳐 냈다.

그리고 아침을 해결한 후 무린은 도적들을 마차 앞, 말에 줄줄이 엮었다. 이로써 어제의 다짐과는 다르게 여정은 길어지겠지만 그래도 도적들에게 벌은 확실하게 주겠다는 무린의 의지가 느껴졌다.

그렇게 시간이 흐르고, 무린은 드디어 제남에 도착했다.

해가 거의 떨어진 유시 말경에 제남에 도착한 무린이 가
장 먼저 한 일은 도적들을 관아에 넘기는 일이었다. 넘길
때는 그들이 가졌던 날붙이들과 빼앗은 돈까지 전부 넘겼
다.

무린의 성품은 여기서도 나왔다. 그리고 그 행동은 같이 들
어갔던 문인과 려에게 또다시 좋은 모습으로 다가왔다.

인계를 마친 무린이 밖으로 나오자 문인이 물었다.

"이제 어디로 갈 생각인가?"

"일단 객잔을 잡을 생각입니다. 그리고 좀 씻은 뒤 패를 처
분할 곳을 알아볼 생각입니다."

"허허, 그럼 객잔으로 가지 말고 나랑 같이 가세나. 내 신
세를 졌으니 갚을 기회를 주시게."

"그건……."

무린은 바로 대답하지 못했다.

이미 문인과 려의 성품을 본 바, 둘을 못 믿는 건 아니나 무
린은 같이 가는 건 아니라는 생각이 들었다.

문인과 려가 태산이 아닌 제남으로 왔다는 건 모종의 일이
있어서가 분명했다. 그리고 그건 자신과는 어쩌면 전혀 상관
없는 일일 가능성이 높았다.

그리고 잘못하면 그 일에 끼어들지도 몰랐고, 끼어들게
되면 집으로의 귀환이 더욱 늦어질지도 모른다는 생각이 들

었다.

지금 현재 가장 중요한 건 하루빨리 패를 처분하는 일이었
다. 그래야 무린이 집으로 돌아가는 시간이 더욱 빨리질 것이
기 때문이다.

'거절하자.'

무린은 마음을 정했다.

"죄송합니다. 하루빨리 일을 마치고 돌아가고 싶습니다.
제의는 감사하나, 다음에 뵙는 걸로 하는 게 좋겠습니다."

"허어, 그런가. 허허, 그럼 어쩔 수 없는 일이지. 알았네.
내 자네의 이름 석 자, 받았던 호의는 잊지 않겠네."

"저도 잊지 않겠습니다."

"허허, 그동안 고마웠네. 혹, 태산 근처에 오는 일이 생긴
다면 꼭 본가에 들려주시게. 내 그땐 섭섭지 않게 대접하겠
네."

"네, 알겠습니다."

"그럼 잘 가시게."

"네, 어르신도 건강하십시오."

"허허, 그러겠네."

무린은 그렇게 문인과의 인사를 끝내고, 려를 보며 고개를
숙였다.

"려 소저도 건강하십시오."

"네, 무린 공자님도 건강하셔요."

무린의 인사에 려도 미소를 지으며 마주 인사를 했다. 그렇게 인사가 끝난 무린은 미련없이 등을 돌려 마차를 끌고 갔다.

정이 들었다면.

함께할 것이 아니라면.

이별은 빠를수록 좋은 법이다.

그걸 잘 아는 무린의 행동은 일견 냉정해 보이기까지 했지만 서로 마음은 통하고들 있으니 그리 생각하진 않을 게다.

문인, 려와 헤어진 무린은 그제야 제남을 돌아봤다.

'과연……'

도성이라 이건가.

오는 길에 들려왔던 하구, 리진, 빈주와는 그 격이 달랐다. 갖가지 점포는 물론이요, 행인의 숫자까지 정말 압도적인 격차가 있었다.

무린은 그 하나하나를 눈에 담으며 말을 끌고 객잔을 찾았다. 제남으로 오는 동안 무린이 빈털터리인 걸 알게 된 문인이 해독한 서책과 함께 준 약간의 돈을 생각하며 무린은 크지 않은 객잔을 찾았다.

더불어 마차까지 같이 맡길 수 있는 객잔.

반 시진 가까이 돌아다녀 찾은 곳은 흔한 이름인 제남객잔
이었다. 도성의 이름을 그대로 가져다 쓰면서 화려하지도 않
은 객잔은 일견 이상했지만 무린은 신경 쓰지 않고 안으로 들
어갔다.

"어서 오십시오!"

무린이 주렴을 걷자마자 점소이가 바로 달려오며 인사를
했다.

"마차가 있습니다. 세워둘 공간이 있습니까?"

"헤헤! 물론입니다! 제가 나가서 얼른 세워놓고 오겠습니
다! 저기, 저기 보이는 자리에 앉아 계십시오!"

"감사합니다."

무린은 그 말에 인사를 하고 점소이가 가리켰던 자리에 가
서 앉았다. 자리에 앉아 기다리기를 반각.

점소이가 다시 무린에게 뛰어왔다.

"헤헤, 묵고 가실 생각이십니까?"

"그럴 생각입니다. 일단 소면과 소채볶음을 부탁합니
다."

"네!"

점소이가 무린의 주문에 우렁차게 대답하고, 번개처럼 뛰
어갔다. 그리고 주방으로 보이는 곳에서 크게 주문을 외치고
는 쟁반에 차를 한 잔 타왔다.

“손님! 여기 목 좀 축이십시오!”

“고맙습니다.”

차를 받아 한 모금 마시자 차가웠던 몸에 열기가 조금씩 지펴지는 걸 느끼면서 무린은 그제야 안을 둘러봤다.

혼자, 혹은 둘이.

아니면 삼삼오오 모여 식사를 하거나 술병을 기울이는 모습이었다.

‘역시 도성이라 그런지 무인들이 제법 많구나.’

그 사람들 속에는 무인도 제법 있었다. 탁자에 걸쳐 놓은 검, 허리에 패용한 도, 등에 맨 궁 등등 자신이 무인이라는 사실을 타인에게 보란 듯이 알리고 있었다.

어쩌면 품 안에 비수를 숨겨둔 암기술의 달인도 있을 수 있었다.

작은 마을과는 다른 점이 바로 이런 점이었다.

잠시 둘러본 무린은 다시금 차를 마셨다.

싸구려지만 천천히 시간을 들여 다 마시자 바로 무린이 시켰던 음식이 나왔다. 김이 모락모락 나는 소면과 소채볶음을 보자 무린은 허기가 지는 걸 느꼈다.

“그럼 맛있게 드십시오!”

점소이가 꾸벅 인사를 하고 가자 무린은 젓가락을 들어 음식을 먹기 시작했다. 그때 명상촌에서 먹었던 소면이나 소채볶음보다는 별로지만 꽤 맛있었다.

음… 하는 감탄사가 나오지 않았다는 게 그 증거였다.

하지만 그래도 무린은 맛있게, 그리고 감사히 먹었다.

척후작전 중에는 몇 날 며칠씩 굶어본 적이 있는 무린에게 음식은 곧 소중함, 그 자체이기 때문이다.

식사를 끝낸 무린은 음식값과 방값을 치루고 점소이의 안내를 받아 방으로 들어갔다. 등짐을 푼 무린은 생각에 잠겼다.

'장팔이가 그랬지. 모든 흑점에는 독문표식인 검은 나비 표식이 있다고. 그럼 그 표식을 찾는 방법은?

간단하지 않다.

은밀한 곳이니만큼, 은밀하게 운영하기 때문이다. 하지만 무린은 낙담하지 않았다. 장팔에게 들은 다른 게 있기 때문이다.

'처음은 시장 골목, 두 번째는 객잔 골목, 세 번째는 홍등가 골목. 흑점이 그 성에서 특별한 사고를 치지 않았다면 이 세 곳에서 흑점으로 가는 단서를 발견할 수 있다고 했지.'

장팔은 이 세 곳만 잘 찾으면 흑점을 찾을 수 있다고 말했다. 그는 전쟁터에 끌려오기 전 흑점에서 일했었으니 아마 그 말은 사실이리라.

'내일부터는 발품을 많이 팔아야겠구나.'

그 생각처럼 다음 날부터는 정말 많이 움직여야 했다.

도성인 제남의 골목을 북에서부터 동, 남, 서로 뒤져야 했고, 없으면 객잔, 마지막으로 홍등가까지 기웃거려야 했다.

운이 좋으면 빨리 찾을 수 있을 것이고, 운이 없다면 어쩌면 찾지 못할지도 몰랐다. 하지만 무린은 자신있었다.

탐색.

전장에서 척후병 시절 질리도록 경험한 일이다.

'오늘은 이만 쉬자.'

내일 하루 종일 움직여야 하니 무린은 오늘은 일찍 잠들기로 결정하고, 점소이를 불러 따뜻한 물을 준비해 달라고 했다.

잠시 후 따뜻한 물이 준비되고 무린은 몸을 씻고, 더러워진 의복도 깨끗이 빨아 널은 다음 침상에 들었다.

잠시 후.

나른해지는 감각을 느끼며 무린은 잠에 빠져들었다.

* * *

묘시경에 눈을 뜬 무린은 수련을 빼먹지 않고 하고는 아침 식사 역시 소면과 소채볶음으로 때우고는 객방을 나섰다.

한 성의 도성이니만큼 제남은 정말 엄청난 인구수와 크기를 자랑했다. 이른 아침인데도 거리를 돌아다니는 사람은 눈에 밟힐 정도로 많았다.

'북경만큼은 아니지만 역시 크긴 크구나.'

무린은 딱 한 번 북경을 가본 적이 있었다. 당연히 전역하면서 산동으로 돌아오는 길에 들렀었다.

북경은 정말… 거대했다.

다른 수식어가 필요없이 황도라는 말이 정말 잘 어울렸다. 중원의 모든 문물이 모여 시장을 이루고, 사고팔고 하는 거리도 엄청나게 컸다.

먹거리는 물론 볼거리도 많았다.

제남은 그런 북경에 비교하면 좀 작은 느낌이긴 하지만 제남 역시 크긴 엄청나게 크다. 이런 느낌을 무린은 받았다.

하지만 여기에 여행하러 온 게 아닌 만큼 무린은 목적대로 움직였다. 일찍 연 노점의 주인에게 다가간 무린이 물었다.

"여기 시장이 어느 지역에 있습니까."

"시장 말이요? 여기저기 있지만 가장 큰 시장은 남문 쪽에 있으니 그리로 가보시오."

"감사합니다."

무린은 꾸벅 고개 숙여 인사를 하고 다시 걸음을 옮겼다.

남문이라…….

역시 큰 성이라 그런지 남문까지 걸어가는 데는 상당한 시간이 걸렸다. 그러나 걸어가면서 주변을 찬찬히 구경하며 걷는지라 무린은 그리 지루함을 느끼지 못했다.

이윽고 도착한 남문.

남문에 도착해서는 어디가 시장인지 굳이 물어볼 필요도 없었다. 이미 여기저기서 호객하는 사람들이 여기가 남문의 시장이요! 하고 알려주고 있었기 때문이다.

"후우……."

무린은 시장 입구에 서서 크게 심호흡을 했다. 지금부터는 구경은 그만, 탐색 작업을 벌여야 할 때였다.

정신을 깨운 무린은 시장으로 들어섰다. 안으로 들어섬에 따라 더 많은 구경거리가 생겼지만 무린은 일절 관심을 두지 않고 골목이란 골목은 꼼꼼히 뒤지고 다녔다. 하지만 흑점의 검은 나비 표식은 쉽게 발견되지 않았다.

한 시진이 지나고, 두 시진이 지나자 무린은 피로감을 느꼈다. 정신을 너무 썼고, 눈에도 힘을 줬으니 당연한 결과였다.

결국 술시까지 표식을 찾지 못한 무린은 처음 여장을 풀었던 객잔으로 돌아왔다. 그리고 다시 소면과 소채볶음으로 배를 채운 무린은 그날 하루를 마무리했다.

다음 날도 똑같았다.

눈뜨자마자 몸을 풀고 바로 객잔을 나선 무린은 남문의 시장터로 직행했다. 어제 다 돌아본 게 아니라 아직 더 돌아야 할 곳이 있었기 때문이었다.

그러나 표식은 여전히 나타나지 않았다.

한 시진이 지나고, 두 시진이 지나도 그건 마찬가지.

배에서 꼬르륵 소리가 울릴 때까지 돌아다녔으나 소득이 없어 무린은 힘이 빠지는 걸 온몸으로 느꼈다.

이번에도 마찬가지로 술시경에 탐색을 마친 무린은 객잔으로 돌아가기로 했다.

시장을 걸어 입구까지 다시 온 무린은 아쉬움에 뒤를 돌아봤다.

'큰일이구나. 하루빨리 패를 처분해야 동생들 곁으로 갈 수 있을 터인데……. 이렇게 되면 몇 날 며칠이 더 걸릴지 예상조차 하지 못하겠구나.'

하루하루 지날수록 동생들이 자신을 애타게 기다리는 마음과 걱정은 점점 커질 것이다. 그건 굳이 물어보지 않아도 자명한 일.

"후우……."

점차 불빛이 사라지는 시장 거리를 바라보던 무린은 결국 한숨과 함께 몸을 돌렸다. 그리고 앞으로 걸어가려는 찰나,

"음?"

시장 입구 반대편에 떡하니 골목이 있었다.

아주 작은 그 골목은 장정 한 사람이 겨우 들어갈 만한 작은 골목이었다. 그리고 주변에 불빛이 없고, 날도 어두워져 마치 무저갱으로 들어가는 입구처럼 보였다.

하지만 그런 만큼 무린의 시선을 확 잡아끌었다.

'혹시⋯⋯.'

혹시나 하는 마음이 무린의 가슴속에서 일어났다.

무린은 지체하지 않고 바로 그 골목으로 걸음을 옮겼다. 그리고 골목에 들어서자마자 무린은 표식을 발견했다.

흑점의 독문표식인 검은 나비.

제대로 찾았다.

"⋯⋯."

무린은 소리치지 않았지만 온몸이 짜릿해지는 희열을 느꼈다.

뚜벅, 뚜벅.

아무것도 보이지 않는 어둠이지만 무린은 골목의 벽을 손끝으로 집고 감각에 의지하여 앞으로 나아갔다.

골목은 직선 골목이 아니었다.

손끝으로 느껴지는 감각에는 계속해서 골목이 틀어지고 있다는 걸 말해주고 있었다. 용의주도한 흑점이었다.

이런 골목이라면 굉장히 많은 이점을 줄 게 분명했다.

일단, 무언가 사단이 일어나 급습하려 해도 이곳으로 들어설 수 있는 사람은 손에 꼽을 것이고, 들어선다 하더라도 감각에만 의지해야 하니 본 실력을 발휘도 못할 것이다. 만약 정체까지 들통 나면 바로 암습까지 받을 것이다.

'생각 이상이군.'

무린은 속으로 감탄하며 계속 길을 걸었다. 천천히 걸어서 그런 건지는 몰라도 골목은 이번에도 무린의 생각보다 길고, 깊었다. 아래로 내려가는가 싶더니, 다시 위로 올라가는 느낌도 들었다.

그렇게 한참을 걸었을 때 무린은 눈앞으로 작은 불빛이 새어나오는 문을 발견했다.

"여기구나."

긴장했더니 땀이 전신을 흠뻑 적서 놓았다. 하지만 그 덕분에 무린은 굳이 수련하지 않고도 몸을 제대로 풀 수 있었다.

"후우."

작게 심호흡을 한 무린은 문을 두드렸다.

"계십니까."

탕탕.

나무문이 흔들리며 무린의 존재감을 알렸지만 안에서 들려오는 소리는 없었다. 그러나 무린은 더욱 세게 두들기는 걸로 자신의 존재를 다시 알렸다.

탕탕!

"계십니까."

그러자 이번엔 반응이 왔다.

"왔으면 들어오지, 뭔 문을 두드리고 있는 겐가?"

카랑카랑한 목소리였다.

필시 나이 먹고, 꼬장꼬장한 노인이 분명하리라.

문을 열고 들어가니 아니나 다를까 나무 책상이 하나 있고, 그 뒤에 염소수염을 기른 노인이 앉아 있었다.

손에는 곰방대.

뻐끔뻐끔 새어나오는 연기가 노인의 성격을 말해주고 있었다.

"흘흘, 어서 오시게. 오늘 첫 손님이구면."

"그렇습니까."

"여기 앉으시게."

"그러지요."

무린은 의자를 빼 노인의 앞에 앉았다. 그러면서 슬쩍 주변을 살피는 걸 잊지 않았다. 내부는 넓지 않았다.

장정 대여섯이 들어서면 꽉 찰 정도.

그 어떤 장식물도 없었다.

그렇기 때문에 뭔가 삭막한 분위기도 흘렀다.

'벽마다 둘에서 셋, 문 뒤에 하나.'

파악을 끝낸 무린이 노인을 바라봤다.

"내가 이곳 제남의 흑점주라네. 그래, 사러왔나, 팔러왔나?"

"후자입니다."

"흐으, 그래 보였네. 흘흘."

무린의 대답에 노인은 그럴 줄 알았다는 듯이 씩 웃었다. 이빨이 듬성듬성 빠지고, 그나마 보이는 이빨도 누렇고 새까맸다.

어린아이가 봤다면 놀라 바로 울음을 터뜨렸을 것이다.

"그럼 어디 보여 보게."

"……."

무린은 그 말에 말없이 등짐을 풀어 고이 싸놓았던 불사패를 꺼냈다. 무린이 패를 꺼내자 노인이 곰방대를 입에 물고 다른 손으로 그 패를 집어 눈으로 가져갔다.

"어디 보자……. 종군 십오 년, 백부장 진무린이라……. 흘흘, 이거 생각보다 거물의 호신패를 들고 오신 손님이셨구만?"

무린이 전역할 때 받은 직위 아닌 직위가 바로 백부장이었다. 일반 백성이 올라갈 수 있는 최고의 위치가 바로 백부장 직위였다.

물론 그건 전역 직전에 받은 것이라 명예 직위라고 보면 됐다.

지금의 무린은 몰라도 전장의 무린은 생각보다 뛰어나고, 거물의 병사였다.

"……."

무린은 흑점주가 그리 중얼거렸지만 아무런 말없이 가만히 노인을 응시했다.

"종군 십오 년, 허허, 백부장에… 가뿐히 백오십은 넘겠어. 거기다 보아하니… 자네가 주인 같은데, 맞나?"

"……."

끄덕.

대답하지 않은 무린은 긍정으로 고개만 끄덕였다. 그리고 그 증거로 신분패까지 꺼내서 보여주자 흑점주는 고개를 주억거렸다.

"흘흘, 그럼 가격은 더 올라가지. 뭐든 처음이 비싸니까 말이네. 흘흘."

흑점주는 가격을 후려칠 생각은 않고, 오히려 가격을 올리고 있었다. 무린은 그게 이상했으나 굳이 그걸 말하지는 않왔다.

"마침 호신패를 원하는 사람이 있는 마당에 이건 참…….
흘흘, 자네도 운이 좋고, 나도 운이 좋구먼. 흘흘흘."

흑점주는 기분이 좋은지 누렇게 듬성듬성 난 이를 보이며
흘흘 웃었다. 그 모습에 눈살을 찌푸릴 만도 하지만 무린은
그저 조용했다.

"이백 냥 주겠네. 물론 은자로 말일세."

이백 냥이라…….

엄청난 거금이다.

어쩌면 무린으로서는 평생 만져 보지 못할 거액이다.

그래서 순간 무린은 내가 잘못 들었나 하는 생각을 했다.
돈이 된다는 건 알았지만 설마 이 정도일 줄은…….

생각도 못한 무린이었다.

하지만 무린이 생각 못한 것도 있으니, 거부라 불리는 자들
에게 고깟 이백 냥은 돈도 아니었다.

그저 하룻밤에 탕진할 수도 있는 돈이 바로 은자 이백 냥이
다. 사는 세계가 다르니 쓰는 돈 조차 차원이 다르다는 걸 무
린은 모르고 있었다.

"팔겠나?"

"그러겠습니다."

무린은 고개를 끄덕였다.

생각보다 많은 돈을 받게 됐다. 그런데 굳이 그걸 더욱 불
릴 생각은 없는 무린이었다. 그리고 애초에 흥정이라는 것도
모르는 무린이었다.

"좋네. 흘흘, 종복아! 은자 이백만 꺼내 오거라!"

"네!"

흑점주가 그리 외치고 잠시 기다리자 무린의 시선 끝에 걸
린 작은 쪽문이 열리며 덩치 큰 거한이 걸어 나왔다.

종복이라 불린 자가 틀림없을 것이다. 그런 거한이 나왔
음에도 무린은 놀라지 않았다. 애초에 알고 있었기 때문이
다.

저자 말고.

천장에도 두어 명이 있었고, 문을 제외한 삼면의 벽 너머에
도 각 벽마다 두셋씩 있었다. 이미 그들의 존재를 무린은 알
고 있었기 때문에 놀라지 않았다.

흑점주는 무린을 보더니 또 흘흘 웃으며 말했다.

"흘흘, 놀라지 않는구면. 알고 있었나?"

"……."

끄덕.

무린은 말 대신 고개를 끄덕여 대답을 대신했다.

"흘흘, 벽 너머에 친구들도?"

"……."

끄덕.

 "이거 참……. 흘흘, 종군 십오 년이 운은 아니었던 모양이구만. 흘흘, 더불어 자네가 호신패의 본주라는 것도 믿을 수 있겠어. 흘흘흘."

 흑점주는 기꺼웠는지, 아니면 기분이 나쁜 건지 모를 미소를 짓고 흘흘 웃었다. 그러다 웃음을 멈추고 다시 말했다.

 "걱정 마시게. 이곳은 흑점이라네. 결코 고객을 해하지 않아. 정보도 퍼뜨리지 않지. 우리 흑점이 유지되는 비결 중 하나라네. 아마 흑점의 존재를 말해준 자가 이것도 말해줬을 텐데, 들었나?"

 "들었습니다."

 흑점주의 말에 무린은 고개를 살짝 끄덕이며 대답했다.

 장팔은 마지막에 흑점주가 했던 말도 분명히 했었다.

 흑점에서 어떤 물건을 사고, 어떤 물건을 팔더라도 결코 정보가 새어나가는 일은 없을 것이라고.

 만약 그게 유출됐다면 흑점은 지금까지 명맥을 절대로 유지하지 절대 못했을 것이라고. 그 말도 분명히 들었다.

 "그러니 저들의 존재를 느꼈다 해도 걱정 마시게. 결코 저들이 자네를 해코지하는 일은 없을 걸세. 물론 나 또한 마찬가지라네. 흘흘. 아, 흑점을 기웃거리는 것들은 우리가 처리까지 하지."

"믿겠습니다."

그리 말하니, 믿겠다고 대답하는 무린이다.

하나, 몸에 긴장은 풀지 않았다.

세워 잡은 창도 결코 손에서 놓지 않았다.

목숨줄인 창이다.

비록 나무로 만들었을 지라도 말이다. 결코 놓는 일이 생겨
서는 안 됐다. 무린이 그렇게 자세를 풀고 있지 않자, 흑점주
는 또 흘흘 웃었다.

"여기 있습니다."

돈을 다 세었는지 종복이라고 불린 거한이 흑점주에게 묵
직한 전낭을 건넸고, 흑점주는 그걸 무린에게 건넸다.

"세어보시게나."

"그럼."

무린은 거절하지 않았다.

우르르.

은전이 쏟아지며 찰랑거리는 소리를 냈고, 그 개수에 압도
될 만한 광경이기도 했지만 무린은 흔들리지 않고 차분히 셈
을 했다.

이백 냥이 확실했다.

거래는 끝났다.

무린이 전낭을 품 안 깊숙이 챙기자 흑점주가 말했다.

"흘흘, 그럼 가보시게나. 나가는 길은 이 친구가 안내해 줄 걸세."

"그럼."

무린은 짧은 대답을 한 후 자리에서 일어났다. 무린이 일어나자 종복이라 불린 거한이 턱짓으로 고개를 까닥했다.

따라오라는 뜻일 게다.

거한이 뒤쪽 쪽문으로 나가자 무린도 그 뒤를 따랐다.

나가는 길은 들어올 때처럼 어지럽지 않았다. 그저 일직선으로 이어진 토굴 같은 곳을 일각 정도 걷자 저 멀리 빛이 보였다.

"……"

"……"

걷는 길 동안 무린도 물론이고 거한도 한마디를 꺼내지 않았다. 그저 제 갈길 가는 것처럼 거한은 안내, 무린은 뒤따를 뿐이었다.

이윽고 빛이 새어나오는 곳에 도착하자 거한이 먼저 문을 열고 나갔다. 문을 열자 무린은 고소하고 매콤한 음식 냄새를 맡을 수 있었다.

문이 열리며 보인 곳은 그 음식 냄새에서 알 수 있듯이 주방이었다. 다만, 어디의 주방인지는 확실치 않았다.

하지만 그것도 잠시 후 무린은 알 수 있었다.

호호!

으하하!

"어머, 대협! 오랜만이여요!"

"으하하! 앵월아 잘 있었느냐!"

"왜 이제야 오셨어요. 소녀가 얼마나 기다렸는데요."

"이제 오지 않았느냐! 어디, 젖통 간수는 잘하고 있었더냐? 으하하!"·

"어머, 여기서 이러시면 아니 되어요. 호호호!"

기루였다.

주방 밖으로 나오자 무린은 살짝 인상을 썼고, 거한은 무린에게 고개로만 인사를 하고 다시 되돌아갔다.

"……"

무린은 잠시 주변을 둘러보다 기루의 입구를 찾고는 그리로 걸음을 옮겼다.

"어머, 이리 오셔요."

"이 튼튼한 근육 좀 봐. 호호, 소녀가 오늘 밤 책임지고 모시겠어요."

물론 그냥 나갈 수는 없었다.

기녀들이 들러붙어 무린의 팔을 잡았지만 무린은 가볍게 그 팔들을 뿌리쳤다.

이런 곳에서 돈을 쓰고 싶은 마음은 추호도 없었다.

뒤에서 뭐라 뭐라 하는 소리가 들렸지만 무린은 신경도 쓰지 않았다.

기녀들을 뿌리치고 기루 밖으로 나오자 이미 해는 졌고, 거리에는 기녀들이, 취객들이 즐비했다.

무린이 나온 곳은 홍등가였다.

그것도 청루(靑樓)가 밀집한 홍등가 말이다.

피식.

웃음이 새어나온 무린이다.

'돈을 벌었으니, 거하게 기루에서 쓰고 가라 이건가?'

아닐 수도 있겠지만 어쩐지 그런 의도에서 흑점의 나가는 길이 기루와 연결된 게 아닌가 싶은 무린이었다.

그러나 그러거나 말거나.

무린은 걸음을 옮겼다.

'되었다. 이제 조금만 기다리거라.'

곧, 오라비가 따뜻한 선물을 사가마.

*　　　*　　　*

다음 날 아침 무린은 역시 묘시경에 일어나 분주히 짐을 쌌다. 사실 쌀 짐도 없지만 대충 정리를 하고 나오자 무린은 바로 객실을 나왔다.

아침을 이번엔 고기까지 곁들여 든든하게 해결한 무린은 점소이에게 마차까지 받고 객잔을 나섰다.

마부석에 타서 끌지 않고 고삐를 잡아 마차를 천천히 끌고 가는 무린은 눈에 보이는 상점가에서 잘 말린 육포와 식량을 사서 등짐에 잘 넣었다.

그리고 다시 말을 끄는 무린은 이번엔 멈출 일이 없을 줄 알았다. 살 것도 다 샀거니와, 하루빨리 집으로 돌아가고 싶은 마음이 컸기 때문이다.

하지만 땅! 땅! 소리가 들려오는 곳에서 무린은 다시 한 번 멈출 수밖에 없었다.

무기를 만드는 곳이었다.

"……."

철을 두드려 농기구보다는 병장기를 만드는 주로 이곳에서 무린은 마치 끌리듯이 멈추어 섰다.

입구에 세워진 한 자루 창 때문이었다.

물론 창만이 아닌 관상용으로 검, 도, 궁 극, 등등 여러 가지 무기들이 진열되어 있었지만 무린의 눈을 잡아끄는 건 검은 색 일체의 창 한 자루였다.

'비슷해.'

무린은 저 창이 왜 자신을 잡아끄는지도 깨달았다. 전장에 있을 당시 무린이 사용하던 창, 그 창과 너무 흡사했다.

오직 찌르기만을 위해 만들어진 평범한 철창.

전장 생활 십오 년 동안 고집했던 철창과 저기 세워져 있는 창은 겹쳐 보일 정도로 무린의 눈엔 비슷해 보였다.

"……."

무린은 말없이 그 창을 바라보다 결국,

"휴우……."

한숨을 쉬었다.

그러고는 마부석 한쪽에 잘 매어둔 나무창을 바라봤다.

부족해 보였다.

간단히 말해, 무린은 저 철창을 손에 쥐고 싶었다. 그건 본능적인 욕심에 가까웠다. 이성보다는 본능이 저 철창을 원하고 있었다.

'그래, 일단 손에 쥐어나 보자. 내가 쓰던 것과 다를 수도 있다.'

그다음엔 역시 이성과의 타협이었다.

무린은 주변을 잘 살피고 마차를 길 건너편에 있는 무기점으로 끌고 갔다. 그리고 근처 기둥에 말을 묶은 다음 창으로 다가갔다.

"……."

무린은 가만히 창을 바라봤다.

아니, 눈빛을 보자면 노려보고 있다는 표현이 더욱 어울릴
것 같았다.

"마음에 드십니까?"

"네? 아… 네."

구릿빛 피부의 건장한 젊은 야장이 나오며 무린에게 마음
에 드느냐고 물었다. 그러자 무린은 그렇다고 대답했다.

마음에 든다.

육안으로 확인 중이지만 저 창은, 무린의 마음을 확실하게
잡아끌고 있었다.

"제가 아버지에게 이 일을 배우고, 처음으로 만든 창입니
다. 십 년 넘게 뒤치다꺼리만 하다가 겨우 허락을 받아 만든
놈이지요. 하하."

"그렇습니까."

"한번 쥐어보시겠습니까?"

"그래도 되겠습니까?"

무린은 젊은 야장의 말에 반색하며 물었다. 그러자 하얀 이
를 드러내며 웃은 야장이 고개를 끄덕였다.

그 끄덕임에 무린은 더 이상 망설이지 않았다.

슥.

무린은 지체없이 진열대에 있는 창을 뽑았다.

"……"

무게감.

좋다.

전장에서 사용하던 철창과 무게는 거의 일치했다.

부우웅. `

야장이 물어나자 무린은 창을 한 번 휘둘렀다.

원하던 선을 그대로 그리니, 이 또한 좋다.

"후우……."

자세를 잡은 무린.

쿵!

진각과 함께 힘차게 창을 내질렀다.

쉭!

무게와 함께 힘이 실리니.

이 또한 만족스러울 따름이다.

짝짝짝.

무린의 찌르기에 야장이 박수를 쳤다. 방금 보여준 무린의
찌르기가 야장에겐 멋진 광경으로 보인 탓이다.

"멋집니다!"

"이 창 또한 멋집니다. 남들은 모르겠지만… 제겐 완벽하
게 느껴집니다."

주고받는 칭찬에 둘은 동시에 미소를 지었다.

띵…….

무린이 창날을 툭 때리자 맑은 소리가 울렸다.

날조차 제련이 제대로 되어 있었다.

더 이상 마음에 들 수도 없었다.

무린은 사기로 했다.

"얼마입니까?"

"은자 석 냥만 주십시오."

무린의 질문에 야장은 씩 웃으며 대답했다.

은자 석 냥.

결코 적지 않은 액수이지만 무린은 값을 치렀다. 만약 지금 이 창을 안 사면 무린은 두고두고 후회할 것 같았다.

"감사합니다. 제 첫 아이가 좋은 주인에게 가는 것 같아 기분이 너무 좋습니다. 하하, 모쪼록 잘 써주십시오."

"저도 좋은 녀석을 만난 것 같아 마음이 든든합니다. 감사합니다."

두 사람은 빙긋 웃었다.

"막야라 합니다."

"진무린입니다."

막야.

이름이 참 멋있다.

무린은 제남에서 또 다른 인연을 하나 만들었다.

그 이름 막야.

춘추 전국시대 때 간장이 만든 명검의 이름.

후에 두 사람의 인연이 어떻게 이어질지는 모르나, 이 또한 인연이고, 선물이리라.

第六章 기습(奇襲)

귀환병사

제남에서 나가는 건 생각보다 오랜 시간이 걸렸다. 도성이다 보니 워낙에 드나드는 사람이 많았던 탓이다.

무린은 제남을 나서는 그 시점부터 마부석에 올라탔다. 그리고 관도를 따라 신나게 달리기 시작했다.

주변으로도 많은 마차와 사람, 말들이 달리거나 걷고 있었지만 관도가 워낙 크다 보니 크게 위험하지는 않았다.

휙! 휙! 지나가는 풍경은 점점 동생들과 가까워지고 있다는 증거이기에 무린의 입가에 미소를 그려주고 있었다.

속도를 너무 올리지 않고 달리던 무린은 말이 지칠 때쯤 되면 잠시 멈춰 말을 쉬게 해줬다 다시 달렸다.

그렇게 해도 무린은 올 때보다는 더욱 빨리 되돌아가고 있었다. 그게 무린의 마음을 정말 즐겁게 했다.

동생들의 선물을 사주러 나온 길은 생각보다 많은 날이 소모됐다. 분명히 동생들은 자신을 걱정하고 있으리라. 무린은 그런 생각에 즐거운 한편 마음 한구석이 무거워지고 있었다.

'빨리 돌아가자.'

그래.

최대한 빨리.

하나 그 마음은 제남을 벗어나 밤이 될 때쯤 악의로 가득 찬 방문으로 인해 멈춰질 수밖에 없었다.

"……"

모닥불을 피워놓고 노숙을 하던 무린은 느껴지는 인기척에 인상을 쓸 수밖에 없었다. 거침없이 다가오는 인기척은 대충 세어 봐도 결코 적지 않았다.

'하나, 둘… 열. 아니, 그 이상이다.'

죽지 않은 기감에 걸려드는 존재들은 생각보다 많았다. 그리고 풍겨오는 기세 또한 결코 호의적이지 않았다.

이런 악의에 찬 방문.

'오랜만이군.'

무린은 그리 생각하며 자리에서 일어나 창을 잡았다. 창을

잡자 손바닥을 타고 느껴지는 그 서늘함에 무린은 감각이 일
깨워지는 것을 느꼈다.

그리고 동시에 신경을 타고 긴장감이라 불리는 놈이 내달
렸다.

"이 녀석이냐?"

"네, 형님!"

어둠 속에서 나타난 일단의 무리의 대장은 등장하자마자
대뜸 무린을 손가락으로 가리키며 뒤에다 대고 물었다.

그러자 들려오는 대답 소리.

짧은 소리지만 무린은 그 목소리가 어디서 들었던 목소리
라 생각했다. 분명히 기억 속에 있는 목소리.

"그 도적놈이구나."

무린은 머릿속에서 한 존재를 끄집어냈다. 문인과 려, 셋이
있을 때 강도짓을 하려고 했던 도적놈들.

선한 인상을 가진 우두머리.

그자가 틀림없었다.

하지만 어떻게?

그자는 분명히 무린이 잡아 관아에 넘겼다. 확실하게 인계
했으니 저자는 이곳에 있으면 안 됐다.

하지만 이 자리에 있다.

'어떻게 된 일인가. 설마 탈옥을?'

그게 가능한 일인가?

무린은 고개를 저었다.

관아의 경계가 아무리 허술하다 해도 그건 작은 마을의 관아나 그럴 것이다. 무린이 저자를 잡아 넘긴 곳은 제남의 관아였다.

도시가 큰 만큼 범죄자도 많고, 그만큼 범죄자를 잡아들이는 포두들도 많다. 더불어 범죄자를 잡아 가두는 옥(獄)도 크고 경계가 삼엄할 것이다.

그런데 저자는 현재 이곳에 있다.

어찌 된 일인가.

궁금하지만 무린은 묻지 않았다.

다시 잡아 물어보면 될 터이니.

"저자가 확실합니다!"

그 말뜻은 곧 무린이 자신들을 잡아 넘겼다는 것을 말하는 것일 테다. 근데 그걸 마치 아이가 부모에게 고자질하듯이 말하다니.

무린은 어이가 없었다.

"네놈이 우리 애들을 이렇게 만들었나?"

"……."

무린은 대답하지 않았다.

이미 부하가 말했는데 뭐하자고 굳이 물어보는지, 시간 끌

필요없다.

덤빌 테면 덤벼라.

내 창은 눈이 없다.

무린의 눈이 서늘하게 변했다.

"허, 이거 참. 대화도 안 통하는 자식이구만. 망손! 짝눈!"

대장으로 보이는 자는 무린의 자세를 보더니 피식 웃고는 곧 크게 누군가를 불렀다. 그러자 덩치가 산만 한 둘이 앞으로 나서며 크게 대답했다.

"네! 형님!"

"망손이 여기 있습니다!"

거한 둘이 앞으로 나서자 대장이 다시 말했다.

"가서 잡아와!"

전투의 시작을 알리는 신호탄이 울렸다.

쉭!

그 말이 떨어지기 무섭게 망손과 짝눈이 무린에게 달려들었다. 산만 한 덩치인데도 달려드는 기세가 마치 범과 같았다.

하나, 그건 그들을 보는 도적 무리의 눈이고, 무린에겐 그저 거대한 돼지 두 마리가 달려드는 것과 같았다.

쿵!

무린의 왼발이 나가며 진각을 밟았다.

"조, 조심……!"

그러자 도적 무리에서 경각심 섞인 목소리가 나왔다. 하지만 그 경고는 이미 늦었다. 왜냐. 무린은 이미 찌르기 자세를 완전히 잡았기 때문이다.

퍽!

"크륵……!"

벼락처럼 터진 무린의 찌르기가 망손이라 불린 자의 명치에 작렬했다. 그러자 달려들던 그 자세 그대로 망손은 엎어졌다.

거꾸로 잡아 찔렀음이니, 죽지는 않았을 것이다.

하나, 명치는 급소.

특히 인간의 움직임을 멈추게 하는 데는 안성맞춤인 급소였다.

"이얍!"

망손이라 불리는 자가 한 방에 쓰러졌는데도 같이 달려들던 짝눈은 멈추지 않고 무린을 공격했다.

후웅!

투박한 박도(朴刀)가 무린의 머리로 바람을 가르며 떨어졌다.

스윽.

무린은 즉시 자세를 낮췄다.

후우웅!

그 바람에 짝눈이 휘두른 박도는 무린의 머리 위를 지나쳤고, 무린은 곧바로 창을 당기며 나갔던 왼발을 뒤로 원을 그리며 물러났다.

동시에 왼손은 물러나고 오른손이 원을 그렸다.

그 동작에 뒤에 위치했던 창날이 전면으로 나서며 휘둘러졌다.

스악!

창날이 짝눈의 양쪽 허벅지를 그대로 훑고 지나갔다.

"악!"

한 치 이상 들어갔으니, 결코 두 다리로 대지를 밟고 서 있을 수 없을 것이다. 짝눈이 주저앉아 피가 솟아나는 허벅지를 부여잡고 데굴데굴 굴렀다.

아무리 덩치가 크다 해도 저 정도로 베이면 저러는 게 정상이다. 무린은 자신이 순식간에 무력화시킨 망손과 짝눈을 차갑게 노려보다 뒤로 물러났다.

짝짝짝.

무린이 물러나자 대장으로 보이는 자가 박수를 쳤다.

"오호, 엿같이 나오더니 과연 한가락 한다 이거지?"

박수를 다친 도적패의 대장은 누런 이를 보이며 그렇게 말했다. 한데 눈은 희번덕거리는 게, 악귀의 눈동자를 보여주고 있었다.

무린은 그런 눈을 보며 눈살을 찌푸렸다.

많이 보던 눈동자.

'피에 젖은 병사들.'

전투가 벌어지고, 생명을 취하면 취할수록 강건한 심력을 가지지 못한 자들은 저런 눈동자로 변하며 악귀가 되어갔다.

피가 주는 흥분에 정신을 빼앗기는 것이다.

그 찐득하고 비릿한 향기에 도취되어 버리는 것이다.

그래서 전장을 그리 부르는 것이다.

악귀들의 집단거처.

그곳엔 모두가 잠정적 악귀들이다.

저런 눈.

그곳에서 많이 본 무린이었다.

'사람을 밥 먹듯이 죽였거나, 어쩌면 나처럼 생환한 전장의 병사겠지.'

하나 상관없다.

그저 대적할 뿐.

"무림인은 아닌 거 같고, 창을 쓰는 폼이 익숙한데……. 병사 출신이냐?"

사내가 물어왔다.

역시, 귀환한 병사였던가.

무린은 저도 모르게 인상을 썼다.

그리고 무린이 인상을 쓰자 그자도 답을 얻었는지 큭큭거리며 웃었다.

"큭! 역시, 크크! 얼마나 있었지?"

"……."

무린은 대답하지 않았다.

그저 창대를 까닥거렸다.

"크크, 건방진 새끼……. 언제까지 그런 고자세로 나올 수 있나 어디 두고 보자! 뭐해! 이 새끼들아! 전부 쳐!"

"우와아!"

대장과 절뚝이는 선한 인상의 도적놈 빼고 전부 열 명. 그 열 명의 도적이 함성을 지르며 무린에게 달려들었다.

눈에서는 살기가 줄기줄기 흐르고 있었다.

사람을 많이 베어본 자들의 눈빛이 딱 이러했다.

"……."

그에 따라 더욱 차분해지는 무린의 눈.

'전장 수칙 하나. 기세에서 밀리면 죽는다.'

전장에서는 기세에서 밀리면 이미 승패는 오 할 이상 결정 지어진다. 특히 그게 집단전이라면 더욱더 확률이 올라간다.

그렇다.

전투는 기세싸움이다.

무린은 물러나지 않고, 오히려 앞으로 달려들었다.

그리고 가장 선두에서 달려드는 자를 창대로 후려쳤다.

빠각!

도적놈이 검을 들어 막았지만 창대는 그대로 검 자체를 밀어붙여 관자놀이를 강타하고 지나가자 그자는 비명도 지르지 못하고 바닥에 쓰러졌다.

쓰러진 도적은 무린의 공격이 있을 거라는 걸 예상하고도 얻어맞고 뻗었다.

그건 그만큼 무린의 공격 속도가 빠르고 창에 실린 힘이 강맹(强猛)하다는 소리.

이걸로 자신의 기세는 보여줬다.

'전장 수칙 둘. 절대로 포위당하지 마라.'

병사들이 가장 좋아하면서 싫어하는 게 있다면, 바로 포위다. 적을 포위하면 학살이요, 적에게 포위당하면 죽음이다.

그건 불변의 법칙 중, 하나다.

무린은 도적 하나를 제압하고 바로 옆으로 내달렸다. 그리고 그 와중에 창끝을 잡고 거칠게 휘둘렀다.

후웅!

서걱!

"으악!"

휘둘러진 창은 확실하게 도적 하나의 가슴팍을 헤집었다.

그저 뾰족한 창끝이라도 사람의 육신을 해하기는 아무런 문제도 없었다.

슥.

타닷!

무린의 발재간이 나왔다.

멈추는가 싶더니, 곧바로 종아리, 허벅지에 힘을 줘, 반대로 내달렸다. 그러자 급격히 무린을 잡기 위해 멈추는 도적들.

그 순간 무린의 눈빛이 빛났다.

멈춰 있는 표적은.

공격하기 딱 좋다.

그냥 서 있는 목각인형과 다름없으니 말이다.

스악!

무린의 창이 다시 허공을 갈랐다.

스팟!

아래서부터 사선으로 그어진 무린의 창에 도적 하나가 허벅지부터 복부를 지나 옆구리까지 쩍 갈라졌다.

푸확!

그리고 동시에 피가 허공에 튀었다.

'전장 수칙 셋. 전투에 들어서는 순간 절대 자비를 두지 마라.'

무린이 갓 병사가 되었을 당시 십인장으로 있던 자가 그랬다.

"전장은 말이다. 망설이는 순간 목숨이 달아나는 곳이다. 내가 살려면, 적을 확실하게 죽여라."

무린은 그 말을 지금도 기억한다.

또한 내가 살린 적 하나가, 다음 전투에서 아군을 죽이는 순간도 온다. 그건 실제로 무린이 겪기도 했었다.

척후 작전에 나갔는데 무린과 마주친 적병사가 너무 어렸다. 순간 연민이 들어 무린은 그 병사를 살려 보냈다.

그런데 이게 웬걸.

그 병사는 다음 전투에서 마음을 터놓았던 친구의 목숨을 빼앗아 갔다. 그리고 결국, 그 어린 병사의 목숨은 무린이 거뒀다.

그러니, 확실하게.

적을 무력화시켜라.

달려가던 무린은 창을 앞으로 쭉 빼면서 신형을 멈췄다. 그리고 바로 신형을 회전시켜 창을 높이 세우고, 눈앞에 도착한 도적을 향해 내려쳤다.

빠각!

우드득!

무린이 휘두른 철창이 도적의 어깨에 강하게 떨어지면서 듣기만 해도 소름끼치는 소리를 생성해냈다.

그 도적은 창졸지간 다가온 엄청난 고통에 입만 뻐끔거리다 그대로 무너졌다.

쿵.

일방적인 전투에 도적들은 그제야 멈춰 섰다.

무린이 범상치 않다는 걸 느낀 것이다.

주춤.

마음속 두려움이 생긴 게 분명했다.

끝났느냐.

하나 나는 끝나지 않았다.

무린의 돌격이 시작됐다.

*　　*　　*

무린이 도적 열을 제압하는 데 걸린 시간은 겨우 일각이 조금 넘었을 뿐이었다. 무린에게 당한 도적들은 바닥에서 일어날 생각을 못했다.

모두 무린이 제대로 손을 써놓았기 때문이다.

자상을 입은 자도 있고, 뼈가 부러진 자도 있었다. 그런 두

부류의 공통점이 존재했는데, 결코 바로 일어나지 못할 정도
의 부상이라는 점이었다.

쓰러진 자신의 부하를 보며 반동이 이죽거렸다.

"대단하군. 큭! 생각보다 강해. 그러니 그리 여유를 부렸
나?"

"날 쫓은 이유가 무엇이냐."

도적 대장의 말에 무린은 대답하지 않고 그리 물었다.

"쫓은 이유? 몰라서 묻나? 쪽팔리게 이 반동님이 거둔 새끼
들이 얻어맞고 왔는데 당연한 거 아닌가? 크크."

도적 대장 반동.

그는 제남에 자리 잡은 수많은 건달패 중에 하나를 이끌고
있는 자였다. 규모는 크지 않지만 반동은 그 중에서도 악질
중에 악질이었다.

주로 하는 일은 고리대금 받아내기인데, 그 방법이 흉악하
기 그지없었다. 폭행은 기본이요, 그보다 잔인한 짓도 서슴지
않고 저지르는 자였다.

또한 소규모지만 대규모 조직의 하부 조직이기도 하기 때
문에 굉장히 위험한 자였다.

"고작 그런 이유인가. 사람을 해했기에 그에 맞는 응징을
했다. 그건 사리에 맞는 일이고, 나는 잘못이 없다."

"그건 네 생각이고 새끼야. 네 생각이랑 내 생각이랑 같을

수 있겠냐?"

무린의 말에 반동은 오히려 그리 말해왔다.

하긴, 그럴 수도 있겠다.

사람마다 천차만별이라.

모두 같을 수는 없을 것이다.

"덤벼라."

그렇다면 오직 싸운다.

"워워, 이봐. 일단 내 제안 좀 들어보지? 나와 손잡는 게 어때? 나랑 동등한 조건으로 시작하는 거야. 어때. 어차피 너나 나나 전장에서 사람 죽이는 일밖에 배운 게 더 있어? 있는 기술이라도 써먹자고. 응? 나랑 손잡으면 제남의 뒷골목은 우리 차지가 될 거야. 구미가 당기지 않아? 제남의 밤을 지배하는 제왕. 크크크."

"……."

다르다.

너와 나는.

무엇이 다른지 알려주랴.

"전장에서 나는 삼 년간 사람만 죽였다. 너도 비슷하잖아? 우린 악귀들이야. 그러니 악귀들끼리 손을 잡는 건 지극히 당연한 일이라고. 크크. 이크!"

그 더러운 입 닫아라.

더 이상 들어줄 수 없다.

쉭!

무린의 창이 허공을 찔렀다.

이번엔 창날이 앞으로 가게 한, 마음먹은 일격이었다.

하지만 반동은 그걸 피해냈다.

확실히, 귀환병이라 그런지 반사 신경이 좋았다.

무린의 찌르기에 반동의 얼굴이 사납게 일그러졌다. 그러
고는 허리에서 투박한 도를 꺼내 들었다.

"내 제안에 대한 대답이냐?"

"그렇다."

"그래, 그렇단 말이지……."

반동은 도를 빙글빙글 돌렸다.

건들건들거리는 게 마치 파락호 같았지만 반동은 일반 파
락호와는 그 급 자체가 다른 존재였다.

"그럼 죽어!"

반동이 눈을 사납게 치켜뜨고 달려들었다.

깡!

투박한 내려치기를 무린은 창대로 막았다. 그러자 도는 그
반탄력에 튕겨 나갔고, 반동은 한 걸음 뒤로 물러났다.

예전의 나무창이다면 아마 이번 일격에 두 토막이 났으리
라.

'이 창을 사기를 정말 잘했어.'

안 샀으면 어땠을까.

아마 무린은 꽤나 고전을 면치 못했으리라.

이유는 반동의 실력이 보통이 아니었기 때문이다.

찌르르.

울리는 창을 고쳐 잡으며 무린도 뒤로 한 걸음 물러났다. 단 한 번의 격돌이지만 무린은 반동이 무시할 만큼 약한 자는 아니라고 생각했다.

손을 타고 울렸던 그 힘만 봐도 그랬다.

신장도 보통에, 체격도 보통이지만 아마 저 옷 안에는 근육이 숨 쉴 틈 없이 자리 잡고 있으리라.

무린 자신의 몸처럼 말이다.

무린이 반동을 그리 생각했듯이 반동도 그건 마찬가지였다. 무린이 범상치 않은 실력자라 생각했는지 그의 눈은 차갑게 가라앉아 있었다.

그리고 무린의 주변을 돌며 틈을 살피기 시작했다.

마치 맹수가 먹이를 노리는 눈빛을 하고서 말이다.

하나 상대는 무린.

틈은 없다.

전장에서 틈을 보인다는 건 죽음으로 직결이고, 무린은 그 틈을 지울 줄 알았기에 죽지 않고 살아남았다.

이번엔 무린이 먼저 움직였다.

쉭!

번개 같은 속도에 힘까지 담겨 있는 맹렬한 일격이다.

깡!

무린의 찌르기를 반동은 도를 비틀어 쳐냈다. 무린의 창이 튕겨나가자 반동이 바로 무린의 품으로 뛰어들었다.

그는 전투를 알고 있었다.

무린의 창은 장병(長兵), 반동의 도는 일반적인 도보다는 조금 짧은 단병(短兵).

거리를 잡은 상태의 전투는 창이 유리하고, 거리를 줄인 전투에서는 도가 유리하다. 그건 기본이다.

깡!

까강!

쉭!

하지만 무린은 초근접전도 만만치 않았다. 반동의 연속 베기를 무린은 창대를 비틀어서 모두 막아내고 오히려 날을 회수하면 휘둘러 반격을 가했다.

깡!

까가가가각!

막은 뒤, 창대를 타고 반동의 도가 무린의 손끝으로 내달렸다. 이건 쉽사리 나오기 힘든 묘기였다.

퉁!

그러나 무린은 그걸 창을 흔들어 생기는 반동으로 떨쳐 냈다. 도가 위로 튕겨지자 반대로 무린의 반격이 시작됐다.

한 걸음 잽싸게 물러나며 상체를 비튼 찌르기.

쉭!

깡!

하지만 반동은 그조차 막아냈다.

그리고 잠시 뒤로 물러나는 둘.

'이자, 쉽지 않다.'

무린은 반동을 차가운 눈을 바라보며 그렇게 생각했다. 삼년의 전장 생활로 저 정도는 무리고, 아마 그 전에도 무술을 익힌 자 같았다.

그렇지 않다면 자신에게 이 정도로 버티지 못하리라.

무린의 창술은 말이다.

전장에서 만난, 매화 향 가득한 검술을 쓰던 여 검객 검란조차 인정한 창술이다.

"지극히 실용적이고, 살상적인 창술."

그게 검란이 무린의 창술을 보고 내린 총평(總評)이었다.

또한 내공까지 쓰는 싸움이 아닌 전투라면 무린이 질 확률은 거의 없을 것이라고 말하기도 했었다.

그런데 반동은 지금 그걸 막아내고 있었다.

오히려 공격까지 하면서 말이다.

그야말로 백중세.

'긴장하자, 무린.'

까닥하면 목이 날아간다.

무린의 눈이 더욱더 차가운 빛을 발하기 시작했다. 하지만 심장은 쿵쿵 열심히 뛰며 온몸에 열을 내고 있었다.

"흐압!"

반동이 다시 공격해 들어왔다.

무린에게 빈틈이 보이지 않자 틈을 꺼내도록 만들게끔, 저열한 공격으로 말이다.

촤악!

쉬익!

바닥을 차자, 주먹보다 반은 작은 돌이 무린에게 날아들었다. 하지만 이 정도 공격쯤이야.

전장에서는 이보다 더한 저급한 공격도 많이 당한 무린이었다. 무린은 고개만 틀어 피하고 오히려 창을 내질렀다.

쉭!

창은 어둠을 꿰뚫고, 반동을 향해 고속으로 뻗어갔다.

깡!

거칠게 도를 휘둘러 무린의 창을 쳐낸 반동이 위에서 아래
로, 흔히 태산압정이라 말하는 공격을 해왔다.

까강!

그걸 창대로 막은 무린.

퍽!

반동이 발을 들어 무린의 배를 걷어찼다. 일격을 얻어맞은
무린은 주춤거리며 뒤로 물러났다.

그러나 눈은 반동에게 고정.

자세는 무너져도, 상대를 놓치면 안 되는 법.

부웅!

다시 도가 무린의 머리 위로 떨어졌다.

무린은 이번엔 막지 않고 오히려 옆으로 피하면서 발을 엇
박자로 놀린 다음 허공으로 몸을 띄웠다.

그리고 활짝 펴지며 무린의 오른발이 반동의 옆구리를 걷
어찼다.

퍽!

"흡!"

옆구리는 급소 중 하나.

무린의 발이 틀어박히자 반동이 호흡 끊어지는 소리를 냈
다.

반동의 옆구리를 차고 바닥에 내려 선 그 순간, 무린의 눈

이 빛났다.

'기회!'

놓칠 성싶으냐.

타닷!

빠각!

창대를 잡아 그대로 반동의 턱을 찍어버리는 무린.

"크윽!"

턱을 옆에서 얻어맞은 반동의 신형이 순간적으로 출렁거렸다. 뇌가 흔들려 육체가 제 마음껏 통제가 안 되는 것이다.

동시에 무린의 창이 내려갔다 다시 올라갔다.

빡!

"칵!"

철로 이루어진 창대가 정확히 턱을 쳐올렸다.

피가 터지고 반동이 머리가 하늘로 치켜 올라가자 무린은 이번엔 창을 끌어당겼다, 거칠게 휘둘렀다.

빠각!

그대로 후두부에 창대가 작렬하고, 반동의 신형이 실 끊어진 인형처럼 앞으로 엎어졌다. 의식이 날아간 것이다.

그렇게 넘어가자 무린은 아직도 손에 쥔 도를 발로 걷어차고는 창날로 반동의 허벅지를 사정없이 찔렀다.

푸욱!

"크아악!"

불로 지지는 고통이리라.

날아갔던 의식은 순식간에 제자리를 찾았고, 그러면서 사방이 쩌렁쩌렁 울리는 비명을 질렀지만 무린은 인정사정없이 다시 어깨를 찔렀다.

푹!

"카아아악!"

완벽한 무력화. 무린이 이러는 이유였다.

"……."

"크으, 크으으. 큭! 크크크큭!"

반동은 웃었다.

신음하다더니, 곧 미친놈처럼 웃었다. 입가에 피칠을 하고 있어 그런지 그 모습은 소름이 돋을 정도였으나, 무린은 불과 얼마 전까지 보던 일상이라 무덤덤했다.

"죽여라!"

"……."

쩌렁!

기개(氣槪)가 넘친다?

아니다.

악(惡)이 넘쳤다.

무린은 그런 반동을 보면서 조용히 입을 열었다.

“전장에 얼마나 있었냐고 물었느냐.”

“흐으, 흐으.”

반동의 거친 호흡 소리를 들으면서 무린은 이어 말했다.

“십오 년을 있었다.”

그 말에 반동의 눈이 잠시 커지더니, 미친 듯이 웃어재끼기 시작했다.

“크, 크크크! 크크크큭! 이런 젠장……. 나보다 더한 악귀 새끼였잖아……. 어쩐지 큭! 큭큭큭!”

“…….”

무린은 반동의 말에 대답하지 않았다.

반동은 삼 년이지만, 무린은 십오 년이다.

스스로 반동보다 자신이 더한 악귀라는 것.

인정했다, 반동이 이제껏 아무리 많은 사람을 전장에서 죽였어도 무린에 비하면… 그야말로 새 발의 피다.

그래서 둘은 다르다.

무엇이 다르냐면,

“나는 사람이다.”

사람답게 살려고 전장에서도, 지금도 노력하고 있다는 점이었다. 그게 반동과 무린의 결정적인 차이였다.

그렇게 말하고 반동을 내려다보는 무린, 이미 확실하게 적을 제압했으나 무린은 후환을 남겨둘 생각은 없었다.

무린은 잘 알고 있었다.

이런 자는, 살려두면 끝까지 자신을 귀찮게 굴리라.

'전장 수칙 마지막. 전후 처리는 확실하게.'

어떤 전장이든, 그 마무리는 확실하게 해야 했다. 포로를 다룸에 있어서도, 점령지를 다룸에 있어서도 말이다.

무린의 창이 수직으로 올라갔다, 반동의 심장을 향해 급격히 떨어졌다.

푹!

섬뜩한 소리가 이어지고, 곧 반동의 고개가 힘없이 떨궈졌다. 이런 자를 살려둘 수는 없다. 살려두면 필히 또다시 사람을 해하리라.

그러니 죽였다.

전역한 뒤, 무린은 첫 살인을 했다.

씁쓸한 밤이다.

第七章
비정강호(非情江湖)

귀환병사

거의 뜬 눈으로 밤을 지샌 무린은 아침에 이르렀을 때 정말 난감한 표정을 지었다.

'이들을 어떻게 해야 하나…….'

곤란하다.

이 도적놈들을 어떻게 처리할지 정말 곤란하다.

가장 손쉬운 방법은 다시 제남으로 돌아가 이들을 관아에 넘기는 방법이다. 하지만 그것도 미덥지 않다.

일단 무린이 처음에 잡아 넘긴 도적 중에 우두머리 행세를 하던 자가 나왔다. 지금 그자는 도망쳐서 물어볼 방법은 없지만 무린은 결코 탈옥은 아닐 것이라 생각했다.

'그렇다면 뒷돈을 썼다는 건데……'

잡아 넣어봤자, 돈으로 다시 나올 수도 있다는 소리다. 그 의미는.

그건 곤란하다.

무린은 이런 자들을 잘 안다.

'분명 또다시 복수한다고 날 찾아 나서겠지.'

무린은 반동의 시신을 수습하던 중 그의 손등에 조잡하게 그려져 있는 문신을 발견했다. 그리고 그와 똑같은 문신을 부하 도적들에게서도 찾을 수 있었다.

'검은 뱀.'

흔히 말하는 흑사회일 것이다.

뒷골목 악질 중 최악의 조직패가 바로 흑사회다. 무린은 그걸 전장 시절 부하였던 장팔에게 들어 잘 알고 있었다.

그도 비슷한 직종에 있어 비교적 흑사회에 대해 세세히 알았고, 그걸 무린에게 전부 말해줬었다.

그렇다면 어떻게 해야 하나.

'다 죽일 수도 없고……'

무린이 전장에서 살았고, 전후 처리를 확실히 하는 것을 수칙으로 세웠다고 해도 이들을 전부 죽이는 건 아닌 일이다.

그건 말 그대로 악귀다.

무린은 줄줄이 엮어 꼼짝도 못하는 도적들을 바라봤다.

"후우……."

나오는 건 한숨이다.

확실한 방법.

어디 없을까?

무린이 그렇게 생각하던 찰나, 전방에서 바스락거리는 소리에 무린은 바로 창을 잡았다. 누군가 접근하고 있다.

'동료인가.'

시간을 너무 끌었나.

무린의 눈살이 찌푸려지고, 창을 잡은 손에 힘이 들어갔다. 기척은 점점 더 가까워졌다. 무린은 급히 몸 상태를 점검했다.

'피곤하지만 나쁘지 않다. 단기간 전투는 괜찮지만, 장기전은 피해야 한다.'

도주?

아니면 전면전?

어떻게 할까.

그렇게 생각하는 동안 인기척은 점점 더 가까워졌다. 창을 쥔 손에 점점 더 힘을 더 들어가고, 무린의 등줄기를 타고 긴장이 내달렸다.

그리고 마침내 모습을 드러냈을 때, 무린의 눈살이 있는 대로 찌푸려졌다.

"저기! 저, 저놈입니다! 저놈이 사람을 죽였습니다요!"

간사한 녀석.

네놈은 세 치 혀를 뽑아야겠구나.

나타난 무리의 선두에는 그 선한 인상의 도적이 자리하고 있었다. 그 도적놈은 무린을 보더니 삿대질과 함께 바락바락 악을 썼다.

"이놈! 이제 네놈의 악행도 끝이다! 선한 우리를 이리 핍박하고 형님마저 죽였으니 그 벌을 달게 받을 것이다! 아이고! 형님! 눈 편히 감으시오! 내 꼭 형님의 억울함을 풀어주겠소! 흐어엉!"

연희를 배운 자였나.

진짜 눈물이 뚝뚝 떨어지고 있었다.

"허어, 하하하."

무린은 어이가 없었다.

그건 웃음이 되어 입을 타고 세상으로 튀어나왔다 사라졌다. 그 허탈하고 어이없는 웃음이 사라질 무렵, 무린의 눈빛이 새파랗게 빛났다.

너는.

죽어야겠구나.

가만히 내버려 두면 더욱 많은 양민을 괴롭힐 녀석이었다.

무린이 악을 제거하는 정의의 사도는 아니었으나, 저런 자를
보고 그냥 넘어갈 만큼 마음씨가 넓은 사람도 아니었다.

꾸욱.

무린은 창대를 힘차게 쥐었다.

그때였다.

"비켜라."

그 목소리와 함께 한 인물이 선두로 나섰다. 나타난 그 인
물은 주변을 위엄 서린 눈으로 스윽 둘러보더니, 곧 무린에게
서 시선이 멈췄다.

그리고 우뚝.

"어?"

무린도 자신을 바라보는 자의 얼굴을 보더니 차갑게 빛나
던 눈동자가 풀리며 묘한 눈동자로 변했다.

"진 십부장님?"

"관평?"

관평(關平).

무린이 십부장일 무렵 약, 삼 년을 함께했던 전장의 동료이
자, 휘하 병졸이었던 자의 이름이다. 삼국시대, 명장 관우(關
羽)의 양아들인 관평의 이름과 똑같은 자. 그뿐만 아니라 민
간에 전해지는 생김새마저 닮아, 관운장의 아들이라 놀림받
았던 사내다.

또한 삼 년간 수많은 전투에서 살아남은 역전의 용사이기
도 했다.

그는 무린의 말이 끝나기 무섭게 날듯이 다가와 경례를 올
렸다.

"충!"

끄덕.

그 경례에 무린은 그저 고개만 끄덕였다. 무린의 직책이 십
부장이었긴 하지만 부대 내에서 영향력은 거의 백부장을 넘
어섰다.

그 이유는 거의 대부분의 병사들의 무린의 도움을 안 받은
자가 없었기 때문이다. 전투 중 여유가 생기면 무린은 항상
동료 병사, 휘하 병사들을 챙겼다.

거기다가 무린 특유의 격식있는 말투와 어머니에게 배운
지혜는 무린을 더욱 병사들이 따르게 만들어줬다.

그러니 자연스러운 일이다.

"우와, 이게 얼마만입니까!"

"육 년은 되지 않았나 싶다. 관평, 오랜만이다."

"정말 오랜만입니다!"

관평은 무린이 정말 반가웠는지 그 잘생긴 얼굴 가득 미소
를 짓고 말하고 있었다. 무린도 관평의 존재가 반가웠는지 차
가웠던 눈빛을 아예 풀고 관평을 대하고 있었다.

"전역하셨습니까? 언제 하셨습니까?"

"얼마 안 되었다."

"벌써 십오 년이 되었습니까? 우와! 세월이 참 빠릅니다!"

"그러게 말이다. 아아, 이제야 기억나는구나. 네가 보낸 서신은 잘 읽었다. 제남의 관청에서 일한다고. 군부에 남은 것이냐?"

관평은 무린처럼 팔려온 게 아니었다.

그는 정말 놀랍고, 어처구니없게도… 자신의 무예를 확인하고자 자원해서 북방의 지옥을 찾은 남자였다.

처음 관평을 받았던 날, 무린은 아직도 잊지 못했다.

"제 운과! 무예를 시험하고 싶어서 들어왔습니다!"

막사가 쩌렁쩌렁 울리던 그 외침을 들은 무린은 물론 모든 병사들이 한마음, 한목소리로 이렇게 외쳤다.

미친놈.

'정말 미친 녀석이었지. 하하.'

지금 무린이 그런 생각을 하는 걸 아는지 관평은 여전히 웃으며 말했다.

"하하! 네, 전장 경력이 도움이 됐는지 덕분에 좋은 일자리를 구할 수 있었습니다. 이것도 모두 진 십부장님 덕입니다. 하하!"

"녀석, 내가 뭘 한 게 있다고."

관평의 말에 무린은 얼굴에 미소를 짓고 손을 휘휘 저으며 말했다. 하지만 그건 무린의 생각일 뿐.

관평의 생각은 다르다.

"무슨 말씀이십니까? 제가 십부장님 덕분에 목숨을 구한 게 손가락을 다 접어도 셀 수 없습니다."

"우연히 내가 주변에 있었을 뿐이다."

"하하! 그럼 제가 운이 좋은 놈인가 봅니다! 하하하!"

관평은 무린의 대답에 그리 말하더니 호탕하게 웃었다. 무린도 그런 관평의 모습에 미소를 지었다.

전장의 인연.

중원은 넓으나, 인연이 줄이 서로 닿아 있으면 이리 만나기 쉽구나.

'묘한 일이야.'

"그런데⋯⋯."

다 웃은 관평은 그리 말하더니, 자신에게 제 친우들이 위험에 처했다고 일렀던 도적놈을 바라봤다.

"히익!"

눈치가 빠른 그 도적놈은 관평의 눈초리를 받은 즉시 앓는 소리를 내더니 곧바로 몸을 돌려 뛰었다.

그 모습에 관평은 피식 웃더니,

"잡아와."

"네!"

관평의 말이 떨어지기 무섭게 관평 휘하의 병사들이 날듯이 뛰어가 도적놈의 뒤통수를 창으로 내려찍어 개구리처럼 잡더니 머리채를 잡고 끌고 왔다.

철푸덕.

먼지가 일어나게 바닥에 던져지자 도적놈은 사시나무 떨듯이 발발 떨었다. 그리고 관평이 그 앞에 쪼그리고 앉았다.

툭툭.

뺨을 손으로 툭툭 치더니 입을 여는 관평.

"뭐? 웬 미친놈이 길 가던 니들을 잡아 족쳐?"

어이가 없구나.

어이가 없어.

어제 무린이 반동을 죽이자마자 도망치더니, 날이 뜨기 무섭게 그런 거짓말을 또 했던 것이냐.

"아, 아니, 그, 그게 아니옵고……."

"형님을 잔인하게 죽이고 친우들 팔다리를 잘라?"

팔다리를?

무린이?

"그, 그게⋯⋯."

"너 이름이 뭐냐?"

"마탁입니다⋯⋯."

"그래, 마탁아. 너 이분이 누군지는 아냐?"

"저, 저도 잘⋯⋯."

관평의 말에, 마탁은 눈알을 데굴데굴 굴렸다. 눈치가 빠른 만큼 이미 무린과 관평이 인연이 있다는 건 알 것이다.

그것도 그냥 인사만 나는 인연이 아닌, 진짜 깊은 인연을 말이다.

아니, 인연뿐인가?

둘 사이에는 오직 북방의 전장에서 싸우고, 구르고 했었던 자들만 느낄 수 있는 전우애(戰友愛)도 있었다.

"내가 전장에서 이분 도움으로 살아난 게 열 번을 넘어 이 새끼야! 거기다 그게 나뿐인 줄 아냐? 진 십부장님한테 도움 받았던 병사들을 세려면 제남의 관청 병영을 꽉 채우고도 남아 이 새끼야! 그런 분이 길 가던 니들을 먼저 공격했다고? 이 새끼를 확!"

"히익!"

관평의 말은 사실이다.

무린에게 도움 받은 병사들을 불러 모으면, 진짜로 제남의 도청(道廳)을 꽉 채울 수도 있을 것이다.

"마탁이 네가 하도 구슬피 울기에 난 또 진짠 줄 알았다. 이야, 연기가 아주 그냥… 장난 아니더라?"

"헤, 헤헤, 제가 좀… 그렇지요?"

퍽!

"켁!"

"미쳤지?"

관평의 손바닥이 마탁의 뒤통수를 사정없이 강타했다. 얼마나 세게 때렸는지 마탁의 머리가 바닥에 콱 처박혔을 정도였다.

엎어진 마탁을 잠시 보던 관평이 일어나서 무린에게 말했다.

"진 십부장님, 제가 처리할 테니 말해주십시오."

자신이 알아서 처리한단 뜻이렷다.

무린은 고개를 끄덕였다.

그리고 최초 제갈문인, 제갈려와 있었을 당시의 일부터 차분한 목소리로 소상히 얘기해줬다.

약 반각에 걸쳐 얘기를 듣기만 하던 관평은 굳은 얼굴로 고개를 끄덕였다.

"그렇습니까. 근데 정말 관아에 넘겼는데 다시 나온 게 확실합니까?"

“…….”

그 물음에 무린은 대답 말고 고개를 묵직하게 끄덕였다. 그러자 관평의 얼굴이 덩달아 같이 굳었다.

“제남의 옥(獄)은 결코 경계가 허술하지 않습니다. 그렇다는 건 누군가가 힘을 썼다는 이야긴데……. 흑사회가 그 정도였나? 알겠습니다. 제가 알아보고 잘 처리하겠습니다. 십부장님은 너무 걱정 마십시오.”

“고맙다.”

심각한 일이다. 옥에 구멍이 뚫렸다는 건 말이다.

흉악범이 도주하기라도 한다면, 민간인이 더 다칠 수도 있다는 의미였다.

다행히 관평은 무린이 알기로 정직하고, 불의를 참지 못하는 마음을 가진 걸로 알았다.

그런 관평에게 맡기면 안심이다.

“이 새끼들 모두 끌고 가!”

“네!”

관평의 심기가 안 좋다는 걸 느낀 것인지, 병사들은 그 외침에 바람처럼 움직여, 굴비처럼 흑사회의 도적들을 끌고 가기 시작했다.

“십부장님, 오랜만에 만나 정말 반가웠습니다. 술이라도 한잔하고 싶지만… 다음으로 미루어야 할 것 같습니다.”

관편은 무린에게 그리 말하며 정말 아쉽다는 표정을 지었다. 무린도 관평과 좀 더 시간을 나누고 싶지만 상황이 상황이니만큼 이해하기로 했다.

"그래, 이해한다."

"제가 조만간 찾아뵙겠습니다. 어디에 사십니까?"

"하구에서 북동쪽에 위치한 해안 마을에 자리를 텄다."

"아, 그러십니까. 이왕이시면 제남으로 오시지 그러십니까?"

그 물음에 무린은 고개를 저었다.

"동생들이 그곳에 터를 잡았더구나. 아버지 묘도 그곳에 있다. 삼 년간은 그곳을 지킬 생각이다."

"아……."

관평은 무린의 말에 바로 눈치를 챘다.

삼년상.

무린의 아버지는 돌아가신 지 얼마 안 되었으리라.

"알겠습니다. 그럼 신년이 지나면 제가 꼭 시간을 내서 찾아뵙겠습니다."

"그래, 알겠… 으음……."

무린은 말하다 말고 갑자기 낮은 신음을 냈다. 관평의 말에서 무린은 중대한 사실을 눈치챘다.

잊고 있었다.

이제 곧 신년이란 사실을.

'무린아, 어찌하여 잊었단 말이냐.'

이제 동생들과 해우하고, 같이 사는데, 신년을 동생들끼리 보내게 한다? 그건 아니 될 말씀이다.

"왜 그러십니까?"

"아니다. 바쁘지 않으냐. 나도 어서 길을 재촉해야 할 것 같으니 이만 헤어지고 다음을 기약하자꾸나."

"네, 알겠습니다. 그럼!"

충!

충.

관평이 경례에 마주 경례를 하자, 관평은 바로 뒤로 돌아 뛰어갔다.

무린은 뛰어가는 관평을 보며 해후한 인연의 짧음을 아쉬워했으나, 곧 그게 문제가 아니라는 걸 인지하고 바로 여정을 다시 꾸렸다.

'갈 길이 멀다.'

무린의 움직임은 빨랐다.

말을 빼 마차에 잘 연결하고, 고삐를 이끌어 관도로 끌고 나온 무린은 마부석에 털썩 올라앉았다.

"이랴!"

철썩!

히히히힝!

곧 말이 힘찬 울음소리를 내더니 관도를 달리기 시작했다.

＊　　　＊　　　＊

무성할 무(楙), 슬기로울 혜(慧).

이게 무혜의 이름 뜻이다.

오라비인 무린과는 다르게 아버지께서 지어주신 이름. 그런 무혜는 어머니 호연화에게 교육을 받은 이후부터는 일상생활에서 거의 화를 내는 일이 없었다.

집중적인 교육 탓도 있고, 무혜의 성격이 무린처럼 워낙에 차분한 이유도 있었다. 삶이 고달팠을 스물네 살 인생에서도 그녀가 화를 낸 적은 정말 손에 꼽을 정도로 적었다.

"……."

그런 무혜인데, 요즘은 기분이 안 좋았다.

탁탁탁탁.

조용히 소채를 썰던 무혜의 옆에서 있던 무월이 조심스럽게 무혜의 눈치를 보다가 물었다.

"저기, 언니?"

"왜?"

"기분 안 좋은 일 있어?"

비정강호(非情江湖) 243

"그런 일 없어."

자매끼리는 둘이 있을 땐 편하게 대화하는 걸로 했기에 거리감이 없었지만, 무혜의 살짝 날선 말투가 거리를 생성하고 있었다.

"응……."

그 말에 무월은 시무룩한 목소리로 대답하고는 다시 하던 소채 손질에 시선을 돌렸다.

탁탁탁탁.

도마를 치는 소리가 묘한 긴장감을 만들고 있었다. 덕분에 무월은 무혜 몰래 인상을 슬쩍 쓰고 힝, 하고 울었다.

음식 준비가 끝나고, 둘이 앉아 식사를 할 때도 마찬가지였다. 아무런 대화도 없는 딱딱한 식사.

원래 밥상 앞에서는 말을 삼가는 편이긴 하지만 그래도 아예 금언식사는 아니었다. 간간히 애기를 나눴었는데, 요즘 들어 그런 게 씻은 듯이 사라졌다.

그저 젓가락질 소리와 음식 씹는 소리밖에 들려오지 않았다. 잠자리까지 그런 침묵 아닌 침묵은 계속됐다.

원래는 잠들기 전 자리를 펴놓고, 서로 눈을 마주하고 누워 이런저런 애기를 하고 잠들곤 했었다.

그러나 지금은?

무혜는 무월에게서 등을 돌리고 자고 있었다.

그게 무월을 울상 짓게 만들었다.

"언니."

"……."

"언니 자?"

"……."

"힝……."

무월에게 무혜는 원래 이러지 않았었다. 무혜는 언제나 무월을 따뜻하게, 때로는 자상하게 대해줬었다.

애교나, 정이 많은 무월이다 보니 무혜가 그걸 전부 받아준 것이다. 그런데 지금은 그러지 않고 있었다.

'히잉.'

돌아서지 않는 무혜의 등을 보며 속으로 또 우는 무월이었다.

다음 날 아침에 되어 식사를 하고, 산천으로 없는 나물을 캐러 갔을 때도 무혜의 이런 모습은 풀리지 않았다.

'오라버니 미워요!'

결국 무월은 무린을 욕할 수밖에 없었다.

무월은 무혜가 왜 이런 반응을 보이고 있는지 이미 알고 있었다. 오라버니인 무린이 돌아오고 나서 무혜는 무린이 몰랐지만 상당히 밝아졌었다.

그건 아버지의 상을 치러 슬픔이 가득해야 할 때도 무혜는 간간이 미소 지었다. 무월은 그런 모습을 보았고, 그게 전부 무린의 귀환 덕분이라 생각했다.

하지만 그것도 잠시.

무린이 잠시 어디를 다녀와야 한다며 집을 나섰고, 삼 일 뒤 장백이란 동네 청년이 무린이 전해주라고 했던 옷 짐을 들고 왔을 때 무혜가 변하기 시작했다.

선물을 말없이 바라보더니, 그걸 풀어보지도 않고 옷장에 곧바로 넣어버렸다. 무월은 손끝으로 만져지는 그 옷을 보고 싶었지만 무혜의 단호한 태도에 그럴 엄두조차 내지 못했다.

그게 벌써 언제인지… 기억도 안 났다.

그 이후부터 무혜는 거의 말을 하지 않고 지냈다.

"들어가자."

"응……."

무혜의 말이 떨어지자 무월은 조금이지만 나물이 담긴 소쿠리를 들고 일어섰다. 집으로 돌아가는 길에 무월은 또 무혜에게 말을 걸었다.

"언니, 오늘은 그래도 많이 캤다. 그치?"

"그래."

"나물밥 해먹을 거야?"

"그래."

"그럼 우리 간장 조금만 쓰자. 응? 조금만."

“그래.”

“히잉…….”

마치 마차에 달린 마차 바퀴처럼 의무적으로 돌아가는 대답에 무월은 또 히잉 하고 울었다.

그녀의 울음은 보조개가 살짝 파여 꽤나 귀엽고, 애교있으면서도 처량하게 보여줬지만 무혜는 그저 앞만 보고 걸었다.

그저 야속하기만 하다.

집으로 돌아와 무월의 말대로 무혜가 정말 귀한 간장까지 사용해서 나물밥을 지어줬지만 무월은 마치 쉰밥과 상한 나물을 먹는 것처럼 표정이 좋지 못했다.

이건 전부다.

‘오라버니 미워요!’

무린의 탓으로 돌리는 무월이었다.

잠자리에 들기 전 차가운 바람이 몰아치는 마루에 앉은 무혜의 표정은 무월이 보고 속상해했던 것처럼 차가운 표정을 하고 있었다.

“휴우…….”

그러다 흘러나오는 한숨.

평소에는 잘 안 보여주는 깊은 한숨이었다. 이런 한숨을 무혜는 아버지가 살아계셨을 적에도 거의 보여주지 않았었다.

누군가 본다면, 특히 아버지나 무월이 본다면 걱정할까 염려해서였다. 그래서 무혜는 한숨 자체를 삼가고 살았다.

그런 것까지 신경 쓴다는 건 그만큼 무혜가 속이 깊다는 증거였다. 그렇다면 지금의 한숨은 무엇인가.

'야속합니다……'

무혜의 입장에서는 너무 당연한 한숨이었다.

대상은 무린.

이번 생에서 살아 다시 만날 거라 기대하지도 않았고, 기대할 생각조차 못했던 자신의 오라버니였다.

그런 무린이 바로 무혜의 한숨의 원인이요, 좀 전에 말했던 야속함의 대상이었다.

뜻하지 않은 아버지의 사고.

멍하니 상을 치르던 중 나타난 오라버니 무린.

사는 게 바쁘고 힘들어 생각하는 날보다는 생각하지 못한 날이 일 년 중 삼분지 이를 차지할 만큼 기억 속에서 저물어 가던 존재.

그런 만큼 다시 만났을 때, 무혜는 눈물을 터뜨릴 뻔했다. 무린의 넓은 가슴에 매달려 엉엉 울 뻔했다.

그만큼 무린의 귀환은 무혜에게 슬픔을 완화할 수 있는 완충지대였다.

이제 어떻게 사나.

무월이와 난 무얼 먹고 사나.

이 험난한 세상 우리 둘이 잘 헤쳐 나갈 수 있을까.

무섭고.

두렵다.

이런 생각을 멍하니 하던 무혜는 무린의 귀환에 그 모든 걱정이 씻은 듯이 사라짐을 느꼈다. 물론 모든 것을 내맡기려 하는 것은 아니다.

그러나 적어도 겉은 성숙해 보이나 속은 어린 무월이보다는 의지할 수 있는 상대가 나타난 것이다.

그래서 무린의 귀환이 너무나 고맙고, 반가웠다.

무린은 모르지만 무린이 길을 떠나고 나서 깨끗한 물을 떠놓고 환한 보름달에 기도까지 했을 정도였다.

그만큼 반가웠는데.

'왜 돌아오지 않으십니까……'

무린이 돌아오질 않는다.

기다리고, 기다려도.

무린이 돌아오질 않는다.

'혹여 무슨 일이……'

그런 생각이 문득 들어 무혜는 화들짝 놀랐다.

아니다.

아닐 것이야.

몸 성히 돌아오겠다고 약속하고 떠나셨지 않니.

'그러니 그런 생각은 하지 말자.'

무혜는 얼른 고개를 흔들어 그런 생각을 털어냈다. 생각으로도 불길하고, 몸이 떨리는 걸 주체할 수 없었기 때문이다.

"……."

무혜는 말없이 달빛을 올려다봤다.

지금쯤 오라버니는 뭘 하고 있을까.

밥은 드셨나요.

끼니는 챙겨 드셔야 합니다.

추운데 고뿔은 안 걸리셨나요.

몸이 재산입니다.

오시는 길인가요.

건강히 오셔야 합니다.

무혜는 무린이 혹여 밥을 굶고 있는 건 아닌지, 추운데 탈이라도 걸린 건 아닌지, 오는 길이라면 어디쯤 왔는지, 궁금했다.

그리고 어쩔 수 없이 걱정도 들었다.

"후우……."

두 번째 한숨.

아까도 쉬었고, 지금도 쉬었다.

무혜로서는 정말 이례적인 일.

그건 그만큼 무혜의 마음이 심란하다는 증거였다.

무혜는 그 뒤로 말없이, 가만히 뿌연 달빛을 올려다봤다. 바람이 차 몸이 떨리긴 했지만 무혜는 방으로 들어갈 수 없었다.

사실 이제는 일과가 되어버린 일.

해시까지 무린을 기다리는 일.

오늘도 어김없이 해시가 다가왔고, 방문이 열렸다.

"하암… 언니."

"응."

"이제 자자."

마찬가지로 무월에게도 일과가 되어버린 일.

무린을 기다리는 일.

"그래, 이만 자자."

무혜는 그리 대답하고 마루에서 일어났다. 오늘도 어김없이 해시까지 기다렸건만, 무린은 오지 않을 모양이다.

이러니 무혜가 야속해하고, 무월에게 미움받지.

돌아온다면 무린은 혼나도 싸다.

무혜가 들어가면서 방문이 소리없이 닫히자 진씨 삼남매의 낡고 초라한 집에는 곧 고요가 찾아왔다.

*　　　*　　　*

두 동생이 그리 생각하며 한숨을 쉴 때 무린은 쉴 새 없이 마차를 몰고 있었다. 관평에게 신년이 얼마 남지 않았다는 소리를 들은 무린은 거의 쫓기듯 마차를 몰았다.

"워워."

그러나 날이 완전히 어두워지자 무린은 마차를 세울 수밖에 없었다. 말도 지쳤거니와, 괜히 해가 떨어졌는데 달리면 사고가 날 수도 있기 때문이다.

더욱이 말도 꽤나 지친 상태였다.

크지 않은 몸집의 황색마인 녀석이 힘은 좋았지만, 전장의 전마(戰馬)에 비하면 역시 체력이 모자를 수밖에 없었다.

거기다가 말도 말이지만, 무린도 꽤나 지쳤다. 말을 몬다는 건 생각보다 힘든 일이다. 제남에서 빈주까지 닦인 관도는 거의 일직선에 가깝긴 하지만 그래도 피곤하긴 매한가지였다.

말을 근처에 흐르는 개울가에 잘 묶어놓고, 무린은 불을 피웠다.

불을 피운 다음 등짐에서 잘 말린 육포를 꺼내 씹다가 무린은 서서히 타오르는 불빛을 보며 생각에 잠겼다.

'이제 거의 빈주에 다왔구나. 신년 전에 집으로 돌아갈 수 있겠어.'

무리해서 달린 덕에 빈주로부터 이틀 거리에 도착한 무린이었다. 걸어서 제남으로 갔을 때보다 못해도 반 이상은 시간을 줄였다.

이렇게 빨리 올 수 있었던 이유는 누가 뭐래도 마차 때문이었다.

'새해가 오기 전까지 이 주. 아슬아슬하게 도착하겠구나.'

"휴우……."

현재 위치와 집까지의 남은 거리를 생각한 무린은 곧 한숨을 내쉬었다. 어쩌다가 이리 시간을 끈 건지, 신년이 다가오고 있다는 것을 까맣게 잊었던 건지.

참 멍청하다고 생각했다.

'걱정하고 있겠지.'

동생들이 걱정하고 있는 모습이 눈에 선하다.

육포로 대충 끼니를 때운 무린은 곧 마차 안에 들어가 잠을 청했다.

다음 날 아침 일찍 일어난 무린은 말을 마차에 연결하고, 개울가에서 얼굴만 대충 씻은 다음 바로 마부석에 올라탔다.

다시 길을 떠나기 위함이다.

찰싹!

히히힝!

무린이 회초리로 말의 엉덩이를 때리자 곧 말이 달리기 시작했다.

두드드드!

이른 아침이라 그런지 관도는 텅 비어 있어 무린은 마차의 속도를 한껏 올렸다. 시원하기보다는 차가운 바람이 무린을 치고 지나갔지만 무린은 눈을 똑바로 뜨고 앞만 본채 말을 몰았다.

이 정도 삭풍.

북방에서는 가만히 서 있어도 맞는 바람이기 때문이다.

말이 나와서 하는 얘긴데, 북방이 춥다, 춥다 하는데 그건 직접 경험해 보지 않은 사람들은 결단코 이해할 수 없는 추위다.

소피를 보는 즉시 얼어붙어 결정으로 변하는 걸 경험을 해 본 적이 있는가?

바람이 살을 치고 가 칼에 베인 상처를 만드는 것을 구경한 적이 있는가?

하루 수명, 수십씩 동사로 죽어 나가는 걸 본 적이 있는가?

호수의 얼음을 깨고 함정을 만들려다가 빙판이 깨져 빠져 죽은 수백의 시체를 본 적이 있는가?

북방(北方)은 그런 곳이다.

물론 전부 그런 곳은 아니지만 위로 올라가면 갈수록, 그 추위는 정말 이곳이 지옥이구나 싶을 정도의 추위를 자랑한다.

그건 못 본 사람은 결코 북방의 추위를 이해하지 못할 것이다.

'진심으로 무시무시하지.'

이 정도 삭풍은 말이다.

북방의 삭풍에 비하면 그냥 따뜻한 온풍이다.

그렇기에 무린은 지금의 바람을 따뜻하다고 생각했다.

그런 따뜻한 바람을 맞으면서 달리고 달려, 무린은 빈주에 도착했다. 빈주에 도착하자 무린은 배가 고파져 객잔에서 끼니를 해결했다.

그리고 나와 해를 보니, 이미 뉘엿뉘엿 기울고 있었다.

'육포도 다 떨어졌고, 오늘은 빈주에서 묶는 게 좋겠구나.'

하루빨리 가야 했지만 먹을거리 없이 나서는 것보다는 차라리 빈주에서 하루를 묶고, 내일 아침 일찍 떠나는 게 좋을 것 같았다.

다시 객잔으로 들어간 무린은 탁자에 앉았다.

"헤헤, 묶고 가실 생각이세요?"

앳된 티가 아직 가시지 않은 정도가 아닌, 그냥 어린 점소이가 와서 물었다.

"그럴 생각이다. 그 전에 따뜻한 화주 한 병을 다오. 안주는 간단한 고기볶음 종류로 부탁하마."

"네! 알겠습니다!"

무린의 말에 점소이가 짧은 다리를 종종 걸음으로 놀려 주방을 향해 달려갔다. 그런 모습을 보면서 무린은 살며시 웃었다.

무린은 오늘은 조금 사치를 부려보고 싶었다. 사실 이 정도야 사치도 아니었으나, 쓰는 법을 모르는 무린에겐 이 정도도 사치였다.

은자야 넉넉하게 있다.

솔직히 이제는 거부(巨富)는 아니더라도 그냥 부자(富者)라고 해도 될 정도의 재산을 보유한 무린이었다.

그리고 사실, 매일 먹던 소면과 소채볶음, 육포가 물릴 만큼 물린 상태였다. 소면이나 육포도 전장에서 진짜 질리게 먹어본 것들이었다.

기본은 죽이라지만, 그래도 가끔 나오는 게 소면이었다. 물론 가끔 나오기는 하나, 십오 년을 가끔 먹어도 그 횟수도 상당하리라.

잠시 뒤 하얀 자기병과 잔이 나왔다.

"헤헤, 따끈따끈하게 데웠어요!"

그런 점소이의 말에 무린은 조용히 웃었다. 그러곤 작은 동전 하나를 꺼내 손에 쥐어주자 점소이는 더욱 환하게 웃었고, 무린은 마음이 뿌듯했다.

"말에게 좋은 여물을 주거라."

"네!"

먹고살 만큼의 은자는 있다.

다 가져 무엇하랴.

작은 배품도 선행이라고 하지 않았는가.

이 모든 것을 무린은 어머니 호연화에게서 배웠다. 그리고 또 하나, 무린은 결코 점소이에게 많은 돈을 쥐어주지 않았다.

감당할 수 없는 돈은, 그 돈을 쥔 자를 곤경에 처하게 한다. 만약 무린이 은자 하나를 쥐어줬다면 점소이는 어떻게 됐을까?

분명 사단이 일어났을 것이다.

여기저기서 지켜보고 있는 눈들이 바로 그 증거이다.

쪼르르.

그런 눈들을 무시하고 무린은 잔에 술을 따랐다. 액체가 나오며 울리는 소리가 무린의 가슴을 살짝 적셨다.

"……"

술이라.

얼마만인가.

무린은 술을 꽤나 좋아하는 편이었다.

주량도 센 편이라 어지간히 마시지 않고서는 끄덕도 안 했다. 무린은 한 잔을 목으로 넘기고, 추억에 잠겼다.

전장 시절, 추운 혹한의 대지로 침투할 작전이 생기면 필히 챙겨가야 했던 게 바로 독한 화주였다.

온몸이 추위에 잠식당할 때 독한 화주 한 병은 훌륭한 생명의 감로수가 되기 때문이다.

'몇 번이나 목숨을 구했지.'

기본 상식으로, 북방에서 작전 중에 홀로 고립돼 추워 덜덜 떨다가 잠에 들면, 십에서 팔구는 시체로 발견된다.

체온을 빼앗겨 모두 동사하는 것이다.

무린도 그런 경험이 꽤나 많았다.

흔히 말하는 북해.

그곳에 작전을 나갔다가 무린은 정말… 죽을 경험을 수도 없이 했었다. 눈을 타고 바람처럼 내달리던 전사들에게 쫓겨 죽을 뻔했고, 겨우 도망쳐 숨었는데 사지로 밀려오는 엄청난 한기에 죽을 뻔했다.

'후우, 지금 생각해도 정말 천운이야.'

한 번은 화주가 없어 결국 그냥 잠들었던 적도 있었다. 그런데 무린은 곧바로 깨어났다. 잠들면 안 된다는 강박관념에 가까운 자기세뇌가 먹혀든 것이다.

그건 무린의 정신력이 강한 것도 있지만 솔직히 운이었다.

정말 우연히 무린이 깊이 잠들 무렵, 동굴 천창에 나 있던 고드름이 자연적으로 그 끝이 부서져 떨어졌기 때문이다.

파삭! 하는 작은 소리 때문에 무린은 깼다.

그 때문에 천운이라고 했던 것이다.

쪼르르.

한 잔이 들어가니, 한 잔을 더 불렀다.

무린은 그 한 잔도 바로 입으로 털어 넣었다. 화끈한 술의 기운이 몸으로 스며들자, 무린은 몸이 조금씩 뜨거워지는 걸 느꼈다.

'좋구나.'

하나 기분은 좋았다.

생명 보존 때문이 아닌, 기분이 내켜 마시는 술을 무린은 거의 처음 먹어봤다. 물론 가끔, 정말 가끔 가다 독한 화주로 회식을 하기는 하지만 그 장소가 전장이라는 것은 변함이 없었다. 그러나 지금은?

중원이다.

전장에서 아주 멀리 떨어진 산동성의 객잔이다.

기분 자체가 다를 수밖에 없었다.

"손님! 여기 볶음이요!"

"고맙구나."

"헤헤, 그럼 맛있게 드세요!"

넙죽 인사하고 점소이가 사라지자 젓가락을 들어 김이 모락모락 나는 살점을 하나 들었다. 그리고 입안에 넣었다.

“음……”

일단 가장 먼저 느낀 건 따뜻한 느낌이고, 두 번째는 매콤하고 달콤한 느낌이었다. 혀와 입안 전체로 느껴지는 맛은 결코 나쁘지 않았다.

고기도 적당히 부드러워 씹는 맛이 있었다.

이 정도면 전장에선 특식이다.

그런 생각에 무린은 흡족했다.

저녁을 소면으로 먹어서 공복감이 있었기 때문에 무린이 고기볶음을 먹는 속도는 조금씩 빨라지기 시작했다.

그리고 그에 비례해 술잔을 기울이는 속도도 빨라졌다. 일각이 지날 무렵 무린은 고기볶음과 화주를 싹 비웠다.

“휴우.”

든든한 포만감에 저도 모르게 만족의 한숨이 나왔다. 술과 음식을 다 먹은 무린은 그제야 주변을 둘러봤다.

처음에는 별로 사람이 없는 객잔이었는데, 지금은 사람이 꽤 많이 모여 있었다. 각각 모여 두런두런 대화를 나누거나, 아니면 말없이 음식만 먹거나, 그도 아니면 무린처럼 술을 시켜놓고 마시며 왁자지껄 떠드는, 천차만별의 모습이었다.

“음?”

그러다 무린은 눈에 이채를 띄었다.

저쪽 구석에 앉은 삼남 일녀.

남자들은 전부 체구가 다부지고 단단해 보였고, 여자도 마찬가지로 보통 다부져 보이는 게 아니었다.

무인이었다.

그것도 무린이 보기에 결코 범상치 않은 자들 같았다. 그건 꼭 확인해 보지 않아도 전장에 다져진 감으로 충분히 알 수 있었다.

은연중 나타나는 게 아닌, 그냥 대놓고 뿌리는 기세도 한몫하고 있었다.

접근을 불허한다.

그들은 이렇게 말하고 있었다.

그리고 그걸 객잔 안의 사람들은 느끼고 있는지 그쪽으로는 시선조차 주지 않았다. 마치 의도적으로 피하는 모습 같았다.

'무인이란 저런 건가.'

접근불가의 인간.

무린은 고개를 저었다.

저런 것.

무린이 원하는 것이 아니기 때문이다.

마치 단절된 것 같지 않은가.

'나는 힘을 얻어도 저리 되지 않으리라.'

그건 그대로 다짐이 되었다.

무린이 원하는 삶이 뭔가.

그저 평범한 일상(日常)이다.

무린은 계산을 치르고 방을 잡기 위해 몸을 일으켰다. 하지만 일어남과 동시에 창을 빠르게 움켜쥐었다.

'윽!

속으로는 신음까지 같이 곁들여서 말이다.

무언가 짓쳐 들고 있었다.

굉장히 빠른 기세로.

사나운 기운을 품고.

아니, 충천하는 살기를 품고 말이다.

'기습!'

이런 기운.

전장에서 질리게 맛보았다.

무린의 눈이 객잔의 문으로 향했다.

우지끈!

동시에 문이 터져 나갔고, 검은 복면, 검은 야행복 일통의 무리가 객잔 안으로 거칠게 난입했다.

하지만 그 기습은 무린에게 찾아온 것이 아니었다. 무린이 무인이라고 생각했던 삼남 일녀에게 찾아온 기습이었다.

순식간에 객잔을 가득 메우는 복면인들. 그 수는 거의 오십 이상으로 보였다. 무린은 그들을 보며 온몸의 긴장을 가득 끈

두세웠다.

혹시 모르는 일이다.

불똥이 무린에게도 튈지.

복면인들이 노리는 삼남 일녀 그들도 역시 느낀 건지 무린처럼 벌써 준비를 끝내고 있었다. 강렬하게 터지는 외침.

"산! 강! 전면을! 연이는 내 뒤로!"

"응! 이놈들!"

"여기까지 쫓아왔나! 끈질긴 것들!"

"네! 오라버니!"

사사삭!

대응은 빨랐다.

산, 강이라 불렸던 두 사내가 바로 전면으로 나섰고, 일행의 홍일점의 연이라 불린 여성은 뒤로 빠졌다.

그 직후 격돌.

깡!

까강!

신기한 일이 벌어졌다.

기습한 자들이 내지른 검을 산, 그리고 강이라 불린 사내들이 손으로 쳐냈기 때문이다. 예리한 검을 손으로 쳐낸다?

그럼에도 손은 멀쩡하고?

일반적인 상식선에선 결코 일어날 수 없는 일이었다.

하지만 무린은 그 이유를 알고 있었다.

'내공을 익혔구나.'

인체의 한 부분, 단전이라는 곳에 자리 잡은 신비한 힘이 좀 전 행동을 가능하게 해준 이유일 것이다.

그것도 결코 적지 않은 내공의 힘일 것이다.

우르릉…….

까강!

챙강!

사내들의 주먹질에 객잔 안에 낮은 우레 소리가 울리더니 그와 부딪쳤던 검들이 모조리 부서져 나갔다.

"합!"

짧은 기합과 함께 내지른 힘찬 일권(一拳).

퍽!

퍼벅!

투박하지만 정교하다.

빠르지만 사납다.

갈지자를 그렸던 권이 순식간에 둘의 신체를 타격하자 마치 포탄에 맞은 것처럼 복면인들이 뒤로 날아가 벽에 처박혔다.

그리고 동시에 중앙에서 처음 명령을 내렸던 사내가 외쳤다.

"강! 벽력(霹靂)은 아껴! 내공의 소모가 크다! 태산십팔반장(泰山十八盤掌)으로 상대해!"

"알았어!"

내공은 무한한 게 아니다.

그 외침에 전면에 섰던 두 사내의 움직임이 변했다. 다리를 어지럽게 움직이면서 손바닥을 뻗어내기 시작했다.

쉭!

쉬쉭!

한눈에 봐도 거력이 담긴 걸 알 수 있는 손바닥이 복면인들에게 쏟아져 들어갔다.

깡!

퍼버벅!

퍽!

빠각!

우드득!

둘의 움직임에 기습했던 자들은 속절없이 쓰러지기 시작했다. 검으로 막아도 소용없었다. 막는 즉시 감을 부수고, 목표했던 가슴이나, 어깨, 옆구리 등을 사정없이 때렸다. 그리고 그 손바닥에 맞는 즉시 복면인들은 허공을 훨훨 날았다.

하지만 바닥에 떨어졌을 때, 결코 그들은 움직이지 못했다. 그저 사지를 부들부들 떨 뿐이었다.

하지만 복면인들도 만만치 않았다.

벽으로 물러서 진형을 형성한 삼남 일녀를 포위하더니, 차륜전의 방식으로 공격하기 시작했다.

그건 워낙에 복면인들의 숫자가 많아서였다.

하나 삼남 일녀도 만만치 않았다.

"산! 빠져! 연이 중앙으로!"

"알았어!"

"네, 오라버니!"

산이라 불린 자가 중앙에 있던 자의 외침에 바로 빠지고 그 자리를 대신 메웠다. 동시에 연이라 불린 여자가 중앙을 차지.

저쪽에서 차륜이라면, 이쪽에서도 차륜을 벌이겠다는 의도였다.

'기민해. 체구와 맞지 않게 머리가 잘 돌아가는군.'

잘 돌아갈 뿐만이 아니라, 빠르기도 했다.

현 상황에서는 최고의 방법일 것이다.

일각이 넘어섰는데도 전투는 끝날 기미가 안 보였다. 오십에 가깝던 복면인들이 이제 서른 가까이로 줄었지만 줄줄이 살기를 흘리며 삼남 일녀에게 덤벼들고 있었다.

"차앗!"

빠각!

연이라 불린 여성이 내지른 일장에 복면인 하나가 가슴이 움푹 파이면서 뒤로 날아갔다. 무린은 그걸 보면서 눈살을 찌푸렸다.

육안으로 보이는 함몰의 정도.

'즉사다.'

볼 것도 없었다.

손속이 과했다?

무린은 아니라고 생각했다. 현재 상황에서는 당연한 일이다. 전장 수칙 셋에 의거, 결코 손속에 자비를 두지 마라.

무린도 행하는 일이기 때문이다.

그럼 무린이 눈살을 찌푸린 이유가 무얼까?

'힘이 과하게 들어갔다.'

가슴이 완전히 함몰될 정도로 굳이 힘을 안 써도, 사람의 목숨은 끊을 수 있다. 심장만 빡! 하고 치면 되기 때문이다.

칼도 튕겨내는 힘을 가졌으면, 그 정도의 힘으로 심장을 치는 즉시, 심장은 멈출 것이다. 그런데 여인은 아예 심장 부위 가슴을 함몰시켰다.

'긴장했구나.'

전투의 긴장이 연이라 불린 여성의 심상을 잡고 있는 게 분명했다. 그렇다면 체력은 어느 순간을 기점으로 순식간에 곤두박질칠 것이다.

인간의 체력은 무한한 것이 아니기 때문이다.

꾸욱.

무린은 창을 힘주어 잡았다.

하나 움직이지는 않았다.

아직 어느 쪽이 선이고, 악인지는 모르기 때문이다.

그냥 봐서는 분명 복면인들이 악으로 보인다.

느닷없는 기습에, 떳떳치 못하는 복면을 썼을 것이다. 하지만 무린은 그럼에도 섣부르게 움직이지 않았다.

'움직이는 순간, 저 일에 개입하는 게 된다.'

그저 방관자에서, 직접적인 개입자가 된다는 뜻이다.

평범한 삶, 일상을 원하는 무린이기에 움직일 수 없었다.

빠각!

"컥!"

또 하나의 복면인이 연이란 불린 여인의 손바닥에 맞아 얼굴이 거의 터져 나갔다. 여전히 과한 힘이다.

"연! 힘을 아껴라! 그리 힘쓰면 금방 지쳐!"

"이익! 알았어요!"

이젠 시간이 얼마나 흘렀는지도 모를 무렵, 전투에 변수가 생기기 시작했다. 뒤에 있던 복면인들이 맨 뒤 우두머리 복면인의 손짓에 갑작스러운 전투에 빠져나가지 못한 일반인들에게 달려들었다.

서걱!

"컥!"

가장 근처에 있던 일반인 둘, 얼어붙어 그 자리에 석고상이 되었던 둘은 저승길 배에 올라타 버렸다.

한 명은 머리가 날아갔고.

다른 한 명은 가슴을 뚫고 등 뒤로 검이 삐죽 나왔다.

일반인에 대한 학살이 시작된 것이다.

이건 완전히 불벼락도 이런 불벼락이 없었다. 조금 전까지 일상이었는데, 지금은 꿈도 꾸기 싫은 지옥으로 변해 버린 것이다.

너무나 순식간에 벌어진 일 때문에 다리가 굳어 도망치지 못했다. 범인의 담력을 넘어서는 일이 벌어진 탓이었다.

그리고 그건 곧 자신의 목숨이 작두 위에 올라서게 만들었다.

상황이 이렇게 흐르자 바로 삼남 일녀에게서도 반응이 나왔다.

"이놈들!"

"네놈들의 상대는 우리다! 왜 힘없는 민초를 죽이는 것이냐!"

"비겁한 자식들!"

흥분한 산과 강. 두 사내가 진형을 깨뜨리며 앞으로 나서기 시작했다. 흥분한 것이다. 그와 동시에 무린도 흥분하기 시작했다.

이렇게 되면,

'죄없는 사람들까지!'

남 일이 아니게 된다.

저들에겐 무린도 죄없는 일반 민초일 뿐이다.

목적은 삼남 일녀고, 민간인을 죽이는 이유는 저들을 흥분시켜 정상적인 사고를 방해시키는 것.

그걸 의해 일반인들을 학살하는 것이다.

비열해도 이런 비열함이 없었다.

다시 복면인 둘이 검을 세우고 겁에 질려 벌벌 떠는 민간인 둘에게 덤벼들었다. 그리고 동시에, 창을 손에 쥔 무린의 발도 움직였다.

지금까진 무린의 일이 아니었다.

하나 지금은?

'내 생명까지 위협받는다!'

복면인들은 무린도 결코 가만두지 않을 것이다.

타다닷!

쉬익!

거칠게 휘둘러지는 복면인의 검.

타다다닷!

쉭!

동시에 내지르는 무린의 철창.

까강!

무린의 창은 선두에 선 복면인의 검면을 때려 방향을 틀었
다.

쿵!

객잔을 울리는 진각.

무린의 기세가 사납게 변하기 시작했다.

전장에서도 웬만하면 점령지의 학살은 금한다. 그건 인간
으로써 할 짓이 아예 아니었기 때문이다.

전쟁은 탐욕 때문이지, 사람을 죽이는 것 자체가 목적이 아
니기 때문이다. 혹시 모른다, 그런 부대가 있을지도.

무린이 전체를 알고 있는 게 아니니 그걸 장담할 수는 없었
다.

하나 무린도 십오 년을 전장에서 살면서 일반인을 학살한
적은 전장을 떠나는 그 순간까지 한 번도 없었다.

하늘에 맹세코 말이다.

그런데 이들은?

무고한 자들에게까지 검을 휘두른다.

―힘이 있는 자는 힘이 없는 자를 보호할 의무가 있다.

어머니 호연화의 가르침.

무린은 결코 이 일을 두고 볼 수 없었다.

일상을 포기하는 게 아니다.

사람답게 살려함이다.

움직여야 하는 직접적인 이유가 생겼다.

"너희는 악적이다."

그래, 너희는 악적(惡敵)이다.

쿵!

무린은 다시 진각을 밟고 창을 앞으로 내세웠다. 창을 내뻗는 그 순간, 이제 이 객잔의 무린의 전장이 되었다.

그것도 비정강호(非情江湖)의 전장으로 말이다.

"오라!"

*　　*　　*

협객의 기상이다.

지금 이 광경을 훗날 사람들은 무린이 협객의 기상을 보여줬다 말할 수 있을 것이다.

무린의 외침이 떨어지자마자 복면인들은 바로 달려들었다.

쉬익!

머리에서 떨어지는 검은 사뭇 빠르고 위험했다. 이 정도면 무린이 겪었던 전장에서도 정예 중 정예가 떨쳐 내는 검과 비슷했다.

하나, 무린도 정예다.

챙!

창대를 휘둘러 검을 쳐낸 무린은 그대로 창을 내질렀다.

푹!

"큭!"

오른쪽 어깨에 창날이 박히면서 복면인은 검을 떨어뜨렸다. 무린은 복면인이 검을 떨굼과 동시에 창대를 비틀었다.

"크악!"

날이 회전하며 근육을 갈가리 찢어버리자 복면인은 더욱 큰 비병을 질렀다. 근육이 찢어지는 고통을 참기 힘들었던 것이다.

이제 복면인은 한동안 검을 손에 쥐지도 못할 것이다. 아니, 어쩌면 평생 어깨를 쓸 수 없을지도 몰랐다.

무인의 생명이 끝났을 수도 있었다.

무린의 좀 전 일격은 그런 일격이었다. 자비를 일체 두지 않은 맹렬한 일격.

"협객이로다!"

"좋구나! 그쪽을 부탁하오! 하압!"

산과 강이 그리 외치며 다시 팔을 휘두르기 시작했다. 뻗어지는 손바닥에 담긴 힘이 검을 부러뜨리고, 육신을 강타했다.

그런 광경에 무린은 작게 고개를 끄덕였다.

저렇게 움직인다면, 무린이 나설 일은 크게 없을 것 같았기 때문이다. 그러나 그렇게 생각한 그 직후, 복면인 하나가 더 무린에게 덤벼들었다.

"흡!"

쿵!

무린은 다시 호흡을 짧게 들이마시며 진각을 굴렀다. 객잔에 또렷이 울리는 그 진각 소리와 함께 무린의 찌르기가 다시금 뻗어 나왔다.

목표는, 지금 달려드는 자의 명치다.

챙강!

달려들던 복면인은 멈춰서며 검을 들어 박았지만 무린의 찌르기는 오히려 그 검을 튕겨내고 그대로 명치로 직행했다.

푸욱!

"크억……."

박혀 있던 창날을 뽑아내자 복면인은 바람 빠지는 신음을 내며 그대로 엎어졌다. 급소인 만큼 이번 공격은 복면인의 생명을 빼앗기에 충분했다.

또다시 사람을 죽인다는 것.

마음이 내키지는 않으나 지금 이 순간에는 반드시 필요한 일이기도 했다. 복면인들의 실력이 실력이니만큼, 어설프게 응대했다가는 무린 자신의 목숨이 위험해질 것이기 때문이다.

무린이 복면인 둘을 쓰러뜨리자 객잔에서 빠져나가지 못했던 사람들이 모두 무린의 등 뒤로 후들거리는 다리를 이끌어 모였다.

보여준 무위가 가볍지 않아, 강하다는 걸 사람들이 느낀 탓이다.

"차앗!"

"하압!"

그 순간에도 산, 그리고 강이라 불린 사내들은 복면인들을 치고, 꺾고, 던지고 있었다. 멀쩡히 서 있는 복면인들은 순식간에 줄어갔다.

다시 일각 정도가 더 흐르고, 서 있는 자들이 채 열 명이 남지 않자 복면인들은 날카로운 피리 소리와 함께 객잔에서 우르르 빠져나갔다.

한바탕 폭풍이 휩쓸고 지나간 객잔.

무린은 그제야 창을 내릴 수 있었다.

"휴우……."

한숨과 함께 말이다.

잠시의 시간이 지나고 무린에게 감사의 인사들이 날아들었다.

"감사합니다! 무사님이 아니었으면 어떻게 됐을지…… . 휴우."

"그러게 말이야! 무사님 정말 감사합니다!"

"자네 들었는가? 너희는 악적이구나!"

"그럼 들었고말고! 이 말은 또 어땠고. 오라! 하하하!"

우르르 모여 그렇게 인사를 하자 무린은 조금 낯이 간지러워지는 걸 느꼈다.

피해는 있었으나, 폭풍 속에서 자신이 살아남았다는 것은 그들에게 웃음을 주었다. 아니, 사실 바로 웃을 정도는 아니지만 애써 그리 말하며 무서웠던 마음을 풀어내기 위함이었다.

무린은 그걸 그들의 얼굴과 목소리에서 느꼈기에 굳이 그들의 감사 인사를 자제시키지 않았다. 경직된 신경은, 풀어줘야 함이다.

그때 객잔을 쩌렁쩌렁 울리는 소리가 들렸다.

"정말 죄송하게 되었습니다!"

무린이 돌아보니 산이라 불린 사내가 정면으로 나서 이쪽을 보며 그 큰 몸을 넙죽 숙이고 있었다.

“…….”

“…….”

하나 그에 대한 사람들의 반응은 싸늘했다.

저들 때문이다.

폭풍이 몰아친 건 말이다.

그 결과 자신들의 목숨이 심각한 위협을 받았다. 그러니 그 사과를 제대로 받아줄 수가 없는 것이다.

그런 반응을 느낀 것인지, 전투를 조율했던 사내가 앞으로 나섰다.

“저는 황보악이라 합니다. 이 친구들은 제 동생들인 산, 강, 그리고 연입니다.”

“으음…….”

“흠, 흠.”

그 사내의 소개에 사람들은 침음성을 내거나, 헛기침을 하며 그 황보악의 눈길을 피했다. 하나 무린은 정면으로 마주봤다.

‘산동이가 중 하나. 제남 황보세가.’

일찍이 문인과 얘기를 나눈 적이 있었던, 황보세가였다. 그 피를 타고나는 신체와 신력을 다루며 수없이 많은 무림세가 중 으뜸을 차지하고 있는 세가가 바로 황보세가다.

‘하지만 황보세가는 봉문에 준하는 일이 있다고 하지 않

았나.'

문인과 려는 그렇게 말했었다.

그런데 여기 지금, 자신과 비슷한 또래의 황보세가의 일원들이 버젓이 있었다. 문인은 그 이유를 알 수는 없으나, 짐작은 할 수 있었다.

'봉문에 준하는 일. 그 일 때문에 그러는구나.'

필시 이번 복면인들의 습격도 그 이유 때문이리라.

"저희 때문에 곤란을 치른 점! 정말 죄송하게 생각합니다. 그래서 저희는 이번 일을 잊지 않고 필히 본가에서 보상을 하도록 하겠습니다!"

보상이라.

사람이 이미 죽었다.

'죽은 다음 돈이, 무슨 소용이 있으랴.'

무린은 이런 경험도 있었다.

휘하 병사 중에 운삼이라는 녀석이 있었는데, 그놈은 태생부터 재물 욕심이 많았다. 그건 운삼 자기 자신도 대놓고 말하고 다닐 정도였다.

병역에 끌려와 삼 년.

그중 일 년을 운삼은 무린 밑에 있었다.

'악착같은 놈이었지.'

그 일 년 동안 운삼은 정말 악착같이 돈을 모았다. 돈이 될

수 있는 것들은 모조리 챙겨 팔았고, 도성에서도 가게 하나는
낼 수 있는 돈을 모았다.

　하지만 병역 시기가 끝나갈 때쯤 벌어진 마지막 전투.

　검과 방패를 기가 막히게 잘 쓰던 운삼은 팔을 잃었다.

　다행히 죽지는 않았지만, 운삼의 능력이 몇 할은 깎이는 일
이 벌어진 것이다. 실의에 차 있다가 병역을 마친 운삼은 그
래도 나갈 때는 애써 밝은 얼굴로 나갔다.

　"저는 상인으로 꼭 성공할 겁니다! 진 십부장님! 언젠가 북경으
로 오시면 저를 꼭 찾아주십시오! 하하!"

　그렇게 웃고 운삼은 떠났다.

　'잃고 나서 보상받는 것은 결국 아무것도 아니다.'

　뭐든지, 처음 가진 게 중요한 법이다.

　그걸 잃고 나서 보상으로 다른 걸 받는 건, 무린이 보기에
는 결코 남는 장사도 아니었고, 보상이 될 수도 없다고 생각
했다.

　"정말 죄송하게 되었습니다! 산아! 강아! 장내를 정리해
라!"

　"네, 형님!"

　"알겠습니다!"

죄송하다고 사과하지만, 그럼에도 당당하다. 마치 당연하다는 듯이 사과하고, 그걸 받아들이라는 기색이 한껏 묻어났다.

그건 무린의 마음에 안 들었다.

그래서 눈살이 찌푸려지려는 찰나, 황보 악과 연이 무린에게 다가왔다.

"아까는 정말 감사했습니다. 무사님이 나서지 않았다면 저희는 정말 큰 곤경에 빠질 뻔했습니다."

"아닙니다. 해야 할 일이었을 뿐입니다."

악의 말에 무린은 고개를 저으며 대답했다.

저들을 도와주려고 한 행동이 아니었다. 자신을 포함한 힘없는 백성들을 위해 창을 들은 무린이었다.

"아닙니다! 무사님의 행동이 저희에게는 정말 큰 도움이 되었습니다. 만약 그들이 계속 민간인들에게 검을 휘둘렀다면 산이와 강이는 분명 흔들렸을 것입니다. 그럼 사달이 일어나도 큰 사달이 일어났을 겁니다."

"……"

그렇게까지 말하는데, 무린은 그저 고개를 끄덕였다.

연이 그다음으로 나섰다.

"잠시 보았는데, 창을 정말 잘 쓰시더군요. 어느 문에서 배우셨나요?"

“사문은 없습니다.”

연의 물음에 무린은 담담하지만 살짝 경계심이 들어간 목소리로 대답했다. 의도가 분명치 않기 때문이다.

“독학이란 말씀인가요?”

“그렇습니다.”

독학이 맞다.

살아남기 위해 홀로 수련했으니, 무린의 말은 한 치의 거짓도 없었다. 무린이 그리 말하자 반응은 바로 나왔다.

반짝.

연의 눈에서 무인 특유의 호승지심(好勝之心)을 무린은 발견할 수 있었다. 이건 곤란한 반응이다.

왜?

무린은 무인이 아니기 때문이다.

강호인이 아니기 때문이다.

‘설마 이 상황에서······.’

무린의 경계심이 강해지자, 연의 옆에 있던 악이 다시 나섰다.

동생이 상황 파악을 못한 탓에 나선 것이다.

“무사님도 저희 때문에 곤란을 치렀습니다. 정말 죄송하게 생각합니다. 혹, 이름 석 자 들을 수 있겠습니까.”

이번엔 정중하게 나왔다.

무린은 속으로 어쩔까 하다가, 결국 말해주기로 했다.

"진무린입니다."

"황보악입니다."

간단한 소개가 지나고 악이 무린에게 다시 말했다.

"후우, 사정이 여의치 않아 이유를 설명 못하는 점 죄송하게 생각합니다. 진 무사님, 앞으로 조심하셔야 합니다. 이놈들, 굉장히 끈질기고 악착같은 놈들입니다."

그러기야 할 것이다. 빈주는 결코 적지 않은 마을인데도 대놓고 기습을 했다. 그건 저들이 얼마나 물불을 가리지 않는 족속인지를 제대로 보여주고 있었다.

"……"

무린은 그 말에 대답하지 않았다.

다만 이번엔 대놓고 눈살을 찌푸릴 뿐이었다.

그리고 그런 무린의 인상에 악은 그저 미안한 얼굴로 다시 말했다.

"만약 무슨 일이 생긴다면 제남으로 와서 황보가를 찾아주십시오. 반드시 해결해 드리겠습니다."

"알겠습니다. 그럼 저는 이만."

만약 일반적인 무림인이었다면 황보가와의 인연을 만들려고 하겠지만 무린은 더 이상 이 자리에 있을 이유가 없다고 생각했다. 그렇다면 빨리 떠나는 게 상책이라 느낀 무린은 바로 고개를 숙여 인사한 다음 객잔을 나섰다.

그리고 마차를 끌고, 바로 빈주를 떠났다.

마을 밖을 나서서 어두워진 관도를 타고 달리는 무린은 복잡한 심경에 빠졌다.

'무림이라는 곳. 저런 곳이었나.'

도검이 난무하는 곳.

비정하기 그지없는 곳.

우연과 필연이 교차하는 곳.

그리고…….

그 누구도 믿을 수 없는 곳.

'이건 소향이나 검란 소저가 얘기해 줬던 것보다 더하구나.'

무린은 무림, 혹은 강호라는 곳을 소향과 검란에게 들어 알고 있었다. 둘은 여인이지만 무림에 몸담고 있다 왔다고 했다.

그래서 언젠가 회식 자리에서 무린에게 얘기를 해준 적이 있었는데 오늘 겪어보니 무림은 생각보다 지독한 곳이었다.

'엮이고 싶지 않다.'

전혀 발들이기 싫은 곳이었다.

무림이란 곳에 발을 들이는 그 순간, 어쩌면 자신이 원하던 삶이, 일상이 모조리 무너질 것 같은 기분이 들었다.

하나 무린은 잊은 게 있었다.

소향이 말했다.

무림에서의 우연은 나중에 반드시 필연으로 변하는 곳이라고. 그곳에서 벌어진 모든 일은 언제고 돌고 돌아 반드시 자신에게 되돌아오는 곳이라고 했던 것을 무린은 잊고 있었다.

그게 비정강호(非情江湖)다.

第八章
귀가(歸家)

"감사합니다! 또 들려주십시오! 헤헤!"

"……"

무린은 밖으로 나와 손에 쥔 물건을 가만히 내려다봤다. 이걸 손에 넣으려고 얼마나 고생했던가.

저 멀리 제남까지 갔다 왔고, 선물 때문은 아니지만 그 긴 여정 동안 사람까지 죽였다. 물론 죽어 마땅한 자였지만 죽였다는 건 매한가지다.

"……"

입가에 절로 미소가 그려진 무린이다.

따뜻하고 뭉실뭉실한 느낌이 무린의 그런 미소를 더욱 짙
게 만들어줬다. 동시에 이걸 차고 있는 무혜와 무월의 모습을
생각해 봤다.

그저 기쁘다.

생각만으로도 좋다.

무린은 양식까지 넉넉하게 사 마차 안에 싣고 다시 명상촌
을 나섰다. 집으로 점점 가까워지기 시작하자 무린의 마음은
조금씩, 조금씩 들뜨기 시작했다.

동시에 걱정도 들었다.

'혹 무슨 일이……. 아니다. 쓸데없는 생각은 하지 말자.'

무린은 고개를 저어 그 생각을 털어냈다.

걸어올 때는 한나절을 꼬박 다 쓰고도 더 걸렸지만, 갈 때
는 마차가 있으니 거의 반 이상으로 단축이 됐다. 그렇게 달
리고 달린 무린의 눈에 드디어 마을이 보이기 시작했다.

"워워."

말을 멈춰 세우고 마부석에서 내리니 가슴 가득 알 수 없는
감정이 스며들었다.

마을로 천천히 마차를 끌고 들어서자 삼삼오오 모여 있던
마을 사람들의 이목이 한순간에 집중됐다. 하지만 무린은 그
런 이목을 모조리 무시하고 조금씩 바삐 걸었다.

이윽고 보이는 집.

낡고, 초라하지만 저 안에 무혜와 무월이 있으리라.

마차를 세우고 조잡하게 만든 문을 여는 무린.

끼익.

싸리문이 힘없이 열리며 거슬리는 소음을 만들었지만 무린은 그마저도 좋게 들렸다.

"어."

문을 열자 바로 보이는 건 소쿠리를 들고 주방으로 가던 무월이었다. 무월은 무린을 발견하고 눈을 동그랗게 뜬 채 그 자리에서 멈춰 있었다.

그런 무월을 보며 무린은 입가에 미소를 짓고 말했다.

"다녀왔다."

"어어… 오라버니!"

무린의 조용한 인사에 무월의 얼굴이 한순간에 활짝 피어났다. 그리고 소쿠리를 든 채 무린에게 바삐 뛰어왔다.

"왜 이렇게 늦으셨어요!"

"미안하구나. 잠시 들를 곳이 있어 늦었다."

"아이 참, 오라버니가 늦어서 언니가……. 아! 언니! 언니 나와 보셔요! 무린 오라버니가 돌아왔어요!"

무월이 그렇게 호들갑을 떨며 안에 소리치자 문이 조용히 열리며 무혜가 나왔다. 그러고는 마루에 서서 무린의 모습을 조용히 살펴봤다.

그리고 나오는 한숨.

"휴우……."

안도의 한숨이었다.

"오셨습니까."

그 후 담담하게 인사를 했다.

"그래, 일이 있어 제남까지 들렀다 오는 길이다. 늦어 미안
하구나."

"아닙니다. 몸 성히 돌아오셨으니 그저 다행입니다."

무혜의 어조는 역시나 차분했다.

무월처럼 흥분하거나, 그도 아니면 늦었다고 화를 낼 법도
하건만, 무혜는 그 모든 걸 꾹 눌러 참고 편안하게 무월을 반
겼다.

참으로 배려심이 깊다.

'미안하구나. 그리고 고맙구나.'

무린은 속으로 무혜, 무월에게 사과를 다시 한 번 했다. 자
신이 계속 사과하는 건 모양새도 좋지 못하고, 두 동생에게
부담을 줄 수도 있을 것 같았기 때문이다.

"다녀오신 일은 잘 보셨습니까."

"그래, 잘 해결하고 왔다."

중간중간에 이런저런 일이 많았지만 결국 잘 해결하고 온
무린이었다. 마차 안에 고이 모셔둔 여우 목도리가 그걸 증명

하고 있었다.

"다행입니다. 그럼 잠시만 기다려 주십시오. 무월이는 방으로 들어오렴."

"그러마."

"네, 언니."

무혜의 말에 무린은 조용히 대답했고, 무월은 마루에 소쿠리를 내려놓고 무혜를 따라 방안으로 들어갔다.

영문을 모른 채 기다리기를 약 반각.

방문이 열리며 무혜와 무월이 다시 나왔다. 그리고 나온 두 동생을 보며 무린의 입가에 미소가 그려지기 시작했다.

"저희, 잘 어울리는지요."

무혜의 말에 무린은 그저 고개를 끄덕였다.

장백에게 먼저 맡겨 전달을 부탁한 따뜻한 겨울옷을 무혜와 무월이 입고 나온 것이다. 크게 화려하지 않은 옷이었지만, 무린의 눈에는 그저 예뻐 보였다.

천상에서 하강한 선녀?

아니다.

'무혜와 무월이가 더 예쁘다.'

경국지색(傾國之色)이라 불리었던 달기, 포사, 우미인, 서시보다도 무혜와 무월이 훨씬 아름답게 보였다.

"잠시 기다려 보거라."

무린은 그리 말하고 얼른 마차로 가 목도리를 챙겨 나왔다. 그리고 눈을 동그랗게 뜨고 있는 두 동생의 목에 직접 감아줬다. 그 후 몇 발자국 뒤로 물러난 무린이 두 동생을 찬찬히 살펴보고 말했다.

"우리 무혜, 무월이… 정말 예쁘구나."

"……."

"……"

두 동생은 놀라 말을 잇지 못했고, 무린도 그 뒷말은 할 수 없었다.

지금 이 순간.

석양이 내려오는 이 순간, 하나의 가족이 탄생했다.

*　　　*　　　*

방 안으로 들어와 잠시 기다리자, 마침 저녁 식사 전이었는지 얼른 무혜가 상을 차려 들고 왔다.

"차린 게 없습니다. 먼 길 다녀오셨는데 죄송할 따름입니다."

무혜의 말에 무린은 웃었다.

"괜찮다. 시장이 반찬이라 하지 않았느냐. 이 오라비에게는 이 정도도 진수성찬이니 걱정 말거라."

사실이다.

무혜나 무월이 해주는 밥이라면 푸석한 쌀밥만 줘도 맛있게 먹을 수 있는 무린이었다. 무린은 말했던 것처럼 아주 맛있게 밥을 먹었다.

사실 오면서 대충 끼니를 때웠으니 집 밥이 맛있을 수밖에 없었다.

한 그릇을 싹 비우고, 다시 한 그릇을 더 비운 무린은 그제야 상에서 물러났다.

"잘 먹었다. 무척 맛있구나. 옛날 어머니의 손맛이 많이 느껴져."

"감사합니다. 어머니에게 철이 들 무렵부터 배웠습니다. 그러니 아마 많이 닮지 않았을까 생각합니다."

"엄격하셨던 분인데, 고생 많았겠구나."

"아닙니다. 저는 적성에 맞는 편인지 그리 힘들지 않았습니다. 저보다는 무월이가 많이 고생을 했지요. 이 아이가 워낙에 활발해서 어머니가 그 기를 죽이는 데 고생 좀 하셨습니다."

"하하, 그러냐."

무혜의 말에, 무린은 기분 좋게 웃었다.

그렇지 않을까 생각했는데, 역시 그랬다.

무린이 웃자 무월이 무혜를 보며 작게 투덜거렸다.

"아이, 언니. 그런 말씀 뭐하러 하세요. 지금은 그렇지 않잖아요."

"지금이야 그렇지. 옛날에 네가 얼마나 남자 같았는지 알기는 하니?"

"어머, 언니 그만 말하세요. 오라버니 오해하세요."

"그만하기는, 찔리는 게 많은가 보구나."

무혜의 눈을 가늘게 뜨고 말하자, 무월은 찔끔했다. 하지만 일부로 눈을 동그랗게 뜨고 대답하는 무월이었다.

"어머, 찔리는 구석이라니요? 저는 그런 거 없어요. 언니."

"하하! 하하하!"

그렇게 시치미 떼며 말하자 무린은 다시 한 번 웃었다.

별로 재미난 이야기도 아니었다.

하지만 무린은 너무 재미있고, 즐거웠다. 불과 얼마 전까지만 해도 이런 자리와 대화는 정말 상상할 수도 없었다.

징집 기간이 다 되어가면서 희망은 조금씩 커졌지만, 그래도 가장 중요했던 건 현재였다. 하루하루 불안감과 싸워가며, 살아야 한다는 생존 본능을 불태웠었다.

하지만 지금은.

가족과 함께 있다.

그게 너무 좋고, 즐거운 무린이었다.

"이제 실감이 나는구나. 내가 집으로 돌아왔어. 가족을 만난 것이야. 아아, 이 얼마나 기쁜 일이냐."

무린의 말에 무혜도, 무월도 작게 고개를 끄덕이며 미소 지

었다. 그녀들도 마찬가지였다. 어찌 무린이 살아 있을 거라
예상이나 했겠는가.

십오 년의 세월.

연통 하나 없이 무려 십오 년이 지났다.

그러나 지금은?

함께 있다.

무혜도, 무월도, 그게 너무 좋았다.

"저도, 오라버니가 돌아오셔서 너무 기쁩니다."

"저도 기뻐요, 무린 오라버니. 헤헤."

무혜는 차분하지만 진심이 담긴 목소리로 말했고, 무혜는
살짝 얼굴에 홍조가 깃든 게 약간 창피해 하며 그렇게 말했다.

"이제 걱정 말고 살자. 너희 시집도 가고, 이 오라비도 장
가가고, 자식도 낳고, 그렇게 오순도순 행복하게 살자."

무린은 두 동생을 양팔로 가만히 끌어안고 말했다.

따뜻한 온기가 팔을 타고 전해져 왔다.

"……."

"네……."

가만히 있는 무혜, 수줍게 대답하는 무월.

동생들을 놓고 무린은 품속에서 투박한 가죽 전낭을 꺼내 무
혜에게 건넸다. 그러자 눈을 동그랗게 뜨며 무혜가 물어왔다.

"이게 무엇인지요."

“열어보면 안다.”

“…….”

그런 무린의 대답에 무혜는 더 묻지 않고 손을 내밀어 전낭을 잡고, 열었다. 그리고 바로 두 눈을 동그랗게 떴다.

“이, 이건…….”

“어머…….”

무혜도 놀랐고, 무월도 슬그머니 훔쳐봤다가 놀랐다.

“오라비가 가지고 있던 물건을 처분하고 얻은 돈이다. 집안 살림은 무혜의 몫이니 앞으로 네가 관리토록 해라.”

“아… 네.”

무혜의 수습은 빨랐다.

그러나 무월은 좀 늦었다. 은자가 너무 신기한지 손을 뻗어 하나를 빼내고는 눈앞으로 들어 요리조리 살펴보고 있다.

평생, 구경도 못 해봤을 테니 무린도 이해했다. 하지만 그래서 주의를 주기로 생각한 무린이 입을 열었다.

“무혜는 어련히 잘하겠지만, 무월이는 입단속을 잘하도록 해라. 소문이 나면 아마 결코 좋은 꼴 보기 힘들 것이다.”

“네.”

“네…….”

무려 백구십 냥이다.

그것도 동전이 아닌, 은자다.

이러한 사실이 퍼지면 아마 마을 사람 전부가 도적으로 변할지 몰랐다. 아직 이 마을 사람에 대해 잘 모르는 무린이지만, 탐욕이란 놈이 얼마나 무서운지 잘 아는 무린이다.

지킬 수 없는 보물은, 그 자체로 해악(害惡)이다.

"무엇을 파셨기에 이런 돈이 생기셨는지 궁금합니다."

무혜가 차분하게 물어오자, 무린은 가감없이 대답해 주기로 했다. 떳떳하다. 자신의 물건을 팔아 번 돈이기 때문이다.

"군을 나서며 받은 패는 두 개다. 하나는 신분패고, 하나는 내가 군을 무사히 전역했다고 증명해 주는 패다. 우리들은 흔히 그 패를 불사패라고 불렀다. 그 험하고 무서운 곳에서 살아남았다는 증표니 그렇게 부른다. 그런데 그게 중원의 거부들 사이에서는 호신부처럼 쓰인다는 구나."

"아아……."

무월은 이해했다는 듯이 고개를 주억거렸다. 무혜도 마찬가지였지만 잠시 후 입을 열어 말했다.

"그럼 그 기간이 오래된 것이라면 더욱 비싸겠습니다. 오랜 세월 품고 있었던 것이니 말입니다."

"바로 보았다. 십 년 정도된 호신부가 은자 백 냥은 한다더구나. 하지만 내가 가지고 있던 것은 십오 년이다. 그래서 은자 이백에 팔 수 있었다."

"여우 목도리도 그 돈으로 사신 것입니까."

"그래, 원래 처음엔 너희들 옷 한 벌 사주고 싶었다. 이 겨울을 나기에는 너무 추워 보였으니 말이다. 하지만 여우 목도리를 보는 순간, 꼭 사서 너희에게 주고 싶은 마음이 생겼다. 그래서 제남까지 다녀왔다."

"제남…… . 너무 감사합니다."

무혜는 제남이 산동성의 도성이라는 사실은 알고 있지만 어디 있는지, 얼마나 걸리는지는 몰랐다.

하지만 무린이 이렇게 오래 걸린 걸 보니 결코 적지 않은 거리를 다녀왔을 것이라 생각했다. 그리고 자신과 무월이를 위해 그 먼 길을 갔다 온 무린이 너무 고맙고, 마음 한편으로 미안했다. 이미 야속한 마음은 사라진 무혜다.

몸 성히 돌아온 것을 두 눈으로 확인한 순간부터, 그 마음은 언제 있기나 했었냐는 듯이 사라져 버렸다.

부실.

손을 들어 목에 하고 있는 목도리의 털을 쓰다듬는 무혜.

따스하다.

하지만 무혜는 그 따스함이 목도리가 가진 본연의 따스함이 아니라, 무린의 정 때문이라고 생각했다.

여우 목도리지만, 무린의 정이 가득 스며든 여우 목도리.

그 때문에 더욱 따스했다.

그래서 무혜가 목도리를 더듬는 손길은, 무척 조심스럽기만 했다. 털 한 올 빠지지 않게 조심스러웠다.

무린은 그런 무혜의 행동을 전부 보고 있었다. 그 행동 하나하나를 보고 있자니 마음이 푸근해진다.

차분해서 얼굴에는 표정이 안 나지만, 가만히 보니 보이는 것 같기도 했다. 그게 착각일 수도 있겠지만 무린은 신경 쓰지 않았다.

남의 얼굴 기색 하난 기가 막히게 읽는 무린 아닌가.

자신의 생각한 게 분명히 맞을 것이다.

"아, 잠시만 기다려 주십시오."

"그래."

그때 무혜가 그리 말하고 일어나더니 낡은 나무 서랍장을 열었다. 그리고 꺼내 든 보자기 하나.

"어머니가 오라버니가 돌아오시면 건네주라 했던 물건입니다. 벌써 드렸어야 했는데, 제가 잊고 있었습니다."

"어머니가?"

"예, 사라지시기 전, 바로 전날에 제게 맡기셨습니다."

"음……."

사라지기 바로 전날에 맡기셨단다.

생사(生死)는 아직 확실하게 모르지만, 이건 어떻게 보면 어머니 호연화의 유품(遺品)이다. 아들인 자신에게 남긴 유품 말이다.

무린은 잠시 보자기를 차분한 눈으로 바라보다가, 이내 손을 뻗어 풀어 헤쳤다. 몇 가지 책과 작은 옥병이 보였다.

그리고 놀라움을 목격했다.

'이건……. 으음.'

무린은 속으로 침음을 흘렸다.

다른 건 다 둘째 치고, 가장 위에 있는 서책에만 눈이 갔다.

이륜호심(二輪護心).

이륜(二輪).

두 개의 바퀴. 혹은, 두 번째 바퀴.

호심(護心).

마음을 보호하다.

삼륜공(三輪工)의 두 번째 서책이다.

이건 인연인가, 필연인가.

아니.

운명(運命)이다.

『귀환병사』 2권에 계속…

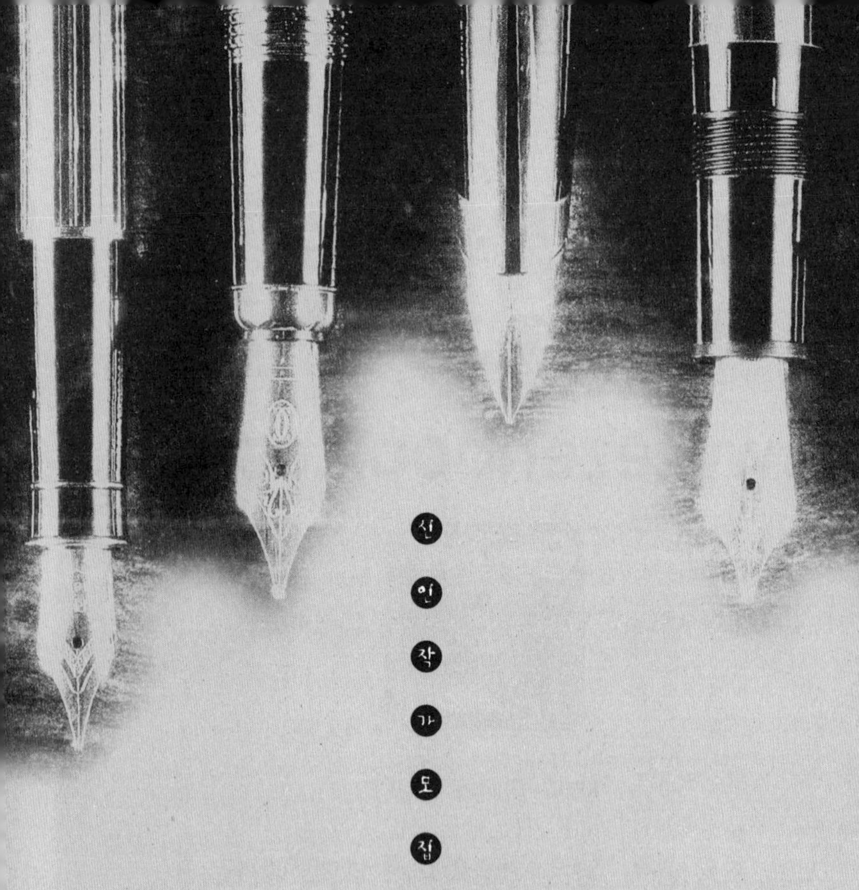
신
인
작
가
도
집

시작이 반이라고 했습니다.
작가의 길에 대한 보이지 않는 벽을 과감히 깨뜨리십시오!
청어람은 작가 지망생 여러분들의
멋진 방향타가 되어드리겠습니다.

저희 도서출판 청어람에서는
소설 신인 작가분들을 모집합니다.
판타지와 무협을 사랑하시는 분들의 많은 참여를 바랍니다.
소정의 원고(A4용지 150매)를 메일이나 우편으로 보내주시면
검토 후 출판 여부를 알려드리겠습니다.

주소:경기도 부천시 원미구 심곡2동 163-2 서경B/D 2F 우편번호 420-822
TEL:032-656-4452 · FAX:032-656-4453
http://www.chungeoram.com
e-mail:chungeoram@chungeoram.com

獨步行
독보행
임영기 新무협 판타지 소설
FANTASTIC ORIENTAL HEROES
독보행
獨步行
2
독보행
獨步行
1
임영기 新무협 판타지 소설
FANTASTIC ORIENTAL HEROES

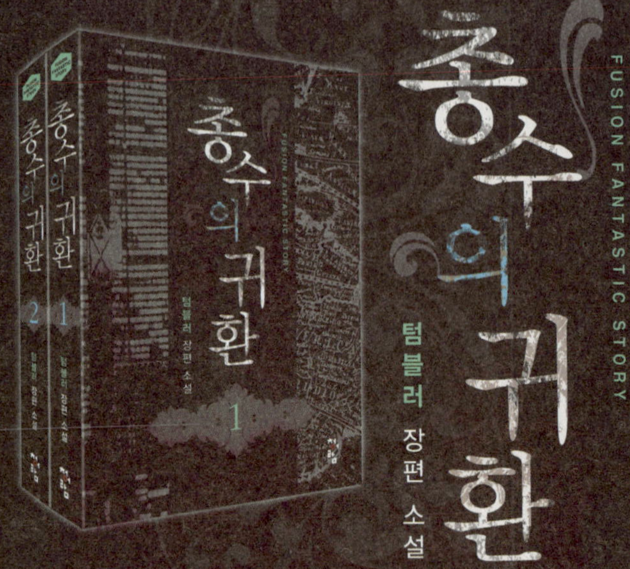

총수의 귀환
FUSION FANTASTIC STORY
텀블러 장편 소설